DEUX MÈTRES DIX

JEAN HATZFELD

DEUX MÈTRES DIX

roman

nrf

GALLIMARD

UN MOBILE HOME

Depuis un moment les merles ne chantaient plus, ils babillaient à peine et Sue le percevait. La chaleur dans le mobile home confirmait une matinée bien avancée. Le drap dont elle avait recouvert sa tête ne pouvait plus duper son esprit embrumé. Elle finit par céder à une fatalité qu'elle savait impitoyable et ne repoussa pas davantage l'attaque de la migraine que provoquerait son premier geste.

Sue se redressa d'un coup pour s'asseoir au bord du lit. Remarquant l'absence de culotte, elle fit la moue, tâtonna du bout des doigts entre ses jambes afin de vérifier si en plus elle n'avait pas couché. Elle tendit ses longues jambes bronzées, s'amusa à faire saillir ses muscles en rapides contractions. Sans fierté, seulement ravie, elle les contempla une nouvelle fois. Mes îlots de beauté qui résisteront à tout, pensa-t-elle. Du bout du pied, elle ramena une jupe et un tee-shirt qui traînaient par terre.

Les merles savouraient les derniers recoins d'ombre dans les branches des séquoias, avant qu'elle ne soit absorbée par le soleil qui frappait d'en haut. Ils s'avancèrent sur une branche, les mâles en plastron noir, les dames en chemisier roux, foulard blanc, et saluèrent d'un trille flûté. Merci, merci, les amis. Éblouie par la lumière, les mains serrant une tasse de café, Sue se posa en haut du marchepied et observa dans l'herbe les bouteilles et les mégots éparpillés. Encore une lame de fond d'ivresse qui l'avait échouée en vrac, sans nausée. Ça la paniqua presque. Elle fut tentée de se glisser deux doigts dans la gorge. Elle eût souhaité vomir son dégoût contre un arbre, même sous le regard des passants, comme ça lui était déjà arrivé, ou hoqueter sa bile, vider la saleté au bord de sa cuvette, pleurnicher de fureur.

Au loin, en bordure d'une prairie, une file de silhouettes se dirigeait vers l'entrée de l'Old Coyote Park. Un chien vint par-derrière fourailler de son museau les mains de Sue jusqu'à les ouvrir.

— *Hi, young fellow !*

Il tenta en trois bonds de l'entraîner vers les arbres, mais comprit que ce n'était pas le jour, revint la dévisager, s'abstint de frétiller de la queue ou de pencher sa tête avec de grands yeux affectueux et toutes sortes de minauderies qui ne marchaient pas avec elle. Elle lui souffla sur la truffe. Sue aimait sa gaieté, lui aimait la gentillesse de Sue, sa gaieté aussi et ses sautes d'humeur. C'était le chien du mobile home d'à côté, dont le maître passait ses jours et ses nuits à démonter des carburateurs dans une casse de Sunny Slope.

Deux coups de klaxon, la voiture du facteur arriva, qui lui tendit une lettre :

— Hello, Sue, si jolie. Tiens.

Sue fit tourner l'enveloppe verte dans ses doigts :

— Regarde ces caractères, ces timbres, on dirait des russes.

— Tes fans se cachent jusqu'au bout du monde, et fidèles ! À plus, Sue.

Le papier rugueux intriguait Sue qui retrouva sa marche d'escalier, fit tourner une nouvelle fois le pli avant de l'ouvrir.

Écrite au stylo à plume, la lettre débutait ainsi :

« Chère Susan,

Je m'appelle Tatyana Alymkul, mais tu m'as connue sous mon nom russe, Tatyana Izvitkaya. Peut-être te souviens-tu, nous nous sommes rencontrées à Helsinki en 1982. Un journaliste français est venu la semaine dernière pour me poser un tas de questions. Il voulait tout savoir sur cette époque. C'est lui qui m'a rappelé ce concours d'Helsinki. Il y avait assisté, et m'a demandé une foule insensée de détails, il s'imaginait que j'y pensais chaque matin. J'espère que tu n'en gardes pas un mauvais souvenir et que cette lettre ne réveille pas des sentiments désagréables. Nous avons donc parlé de la dernière barre, de l'orage et de toi, beaucoup de toi, bien sûr. Ce journaliste m'a parlé des soucis et des difficultés que tu affrontes depuis quelques années. J'ai abandonné le monde de l'athlétisme depuis longtemps, je suis retournée chez moi, au Kirghizistan. C'est un petit pays inconnu. Je vis dans une maison en bois peinte en bleu. Dans la rue, d'autres maisons sont rouges ou vertes. Elle se trouve dans un village en montagne. Il fait très froid l'hiver, le blanc s'accorde au paysage. L'été, les journées sont chaudes, et en cette saison les arbres se parent de belles couleurs. Une rivière coule dans le village. Nous aimons cette rivière. Il y a un lac plus haut, on s'y baigne en été. Partout autour, des dizaines de milliers de chevaux et de moutons. Les chevaux sont de bonne compagnie en période chahutée, nos moutons aussi, crois-moi. La montagne te voudrait du bien. Une chambre t'attend. Elle est meublée de tapis de chez nous et de jolies étoffes. Elle donne sur un jardin. Il est en fouillis car je jardine mal. Les fleurs se disputent tant elles s'y plaisent. Ça me ferait plaisir que tu viennes, le temps que tu veux. On se promènera, on parlera seulement de ce que tu veux... »

Sue ne la relut pas, elle s'attarda à regarder les arbres. Tatyana Izvitkaya, cette fille qui souriait avant de sauter ! Comment ne pas s'en souvenir ! Avoir envie de sourire face à la barre, à l'instant de prendre l'élan, dans un championnat du monde ! On n'a jamais vu ça. Personne ayant disputé un titre à ce niveau dans un stade comble ne peut le croire. Pas un sourire accidentel, une fois, comme une réaction nerveuse, ou euphorique, ou sous le coup d'une pensée fortuite, non. Elle souriait avant chaque essai, à n'importe quelle hauteur, un vrai sourire heureux ou amusé, en tout cas rayonnant, étrangement rayonnant. Ce souvenir ranima chez Sue une émotion curieusement identique à celle ressentie à l'époque, ni agréable ni l'inverse, seulement troublante. Il n'y avait pas d'autre mot. Elle remonta sans peine au jour où elle avait découvert cette Tatyana à la télévision, vingt-cinq ans plus tôt, huit heures du matin, ici à Phoenix.

L'année universitaire se termine en douceur sur le campus de l'Arizona State University où les fleurs des cactus jaunissent les pelouses. Dans sa chambre de la résidence, l'œil sans cesse sur la pendule, de plus en plus excitée, Sue prépare un petit déjeuner de café et de donuts en attendant la retransmission du concours de saut en hauteur des championnats du monde d'Ankara.

Le saut, ce printemps-là, occupe toutes ses pensées, et les enchante littéralement, ces derniers jours, car le week-end précédent elle a remporté les championnats universitaires américains. Elle a franchi 1,93 mètre, nouveau record américain. À dix-huit ans. Plus que ce titre, une vie nouvelle, d'autres stades, très loin. À quelques jours près, elle gagnait son billet pour Ankara, en Turquie, mais qu'importe, elle sera des prochains. D'ici là, elle aura progressé de trois ou quatre centimètres, peut-être cinq, donc pas loin du record du monde, lui prédit son coach, si elle accepte de reprendre à zéro la synchronisation de sa rotation dorsale. Elle va accepter. Elle n'a aucune raison de penser à une occasion manquée. Pas le moindre doute que ces filles qui vont sauter d'une minute à l'autre seront désormais ses rivales. Elle va les épier de près, faire preuve de ruse. Elle jubile de cette perspective nouvelle, les étudier, s'inspirer de quelques trucs. On frappe à la porte. Des copines de l'équipe d'athlétisme entrent dans la chambre au moment du générique, elles s'accroupissent par terre, boîte de donuts à portée de main. Le stade apparaît.

Des officiels en blazer grenat s'avancent vers le sautoir pour vérifier la hauteur, 1,96 mètre. Sous un soleil partagé, trois femmes demeurent dans le concours, pour leur troisième et dernier essai. L'Allemande Isolda Kreuzer se lève et s'ébroue, s'immobilise face au sautoir, ses joues se gonflent d'air quatre cinq secondes, plus que d'habitude, remarque une fille. Elle inverse sa course tôt, tourne son dos un tout petit peu loin et, bien que la détente redoutable qu'on lui connaît la lance très haut dans les airs, elle atterrit sur la barre. L'Italienne Maria Magnani psalmodie, mains sur le visage, quand elle se lève. Elle s'élance, son dos fluide bascule au-dessus, le bassin passe, les jambes s'élèvent en fouetté, mais un talon effleure la barre qui vibre une interminable seconde avant de tomber.

Il reste en lice cette Soviétique d'allure insolite, Tatyana Izvitkaya, qui paraît presque petite. On la voit croquer un morceau de quelque chose démailloté d'un bout de tissu. Elle retire son survêtement qu'elle plie sur le banc. Elle regarde la barre, sourit.

— Tu parles d'une Russe ! Elle est bizarre, non ? s'étonne l'une des filles. On dirait une Japonaise…

— Elle est trop mimi, vise sa coupe, s'exclame une autre.

Des cheveux noirs et lisses embrassent en ovale un visage asiatique aux traits fins, une expression sans gravité. Sa taille très ordinaire ne manque pas en effet de surprendre aux côtés de ses grandes bringues de rivales. Elle se déplace de deux pas vers le centre du sautoir, prélude d'une originale trajectoire d'élan. Ses yeux fixent la barre, ses lèvres se détendent encore en un beau sourire serein sans que l'on puisse deviner s'il reflète une joie naïve à sauter ou une malice à défier.

Sue a l'intuition d'une attitude plus bizarre, n'en dit rien. Souvent, elle y repensera, mais n'en parlera pas, car elle devine sans le moindre doute derrière ce sourire une idée du saut plus touchante.

Tatyana ne fléchit pas les jambes pour s'immobiliser, elle se contente de poser la pointe de son pied d'appel un pas en arrière, de caresser le sol à plusieurs reprises, avant de démarrer précipitamment. Aucune des filles de la chambre, stupéfaites, n'a le temps d'exprimer la certitude commune que la Soviétique ne peut que rater un virage aussi incurvé en accélérant si brusquement. Déjà elle présente son dos au sautoir d'un mouvement vrillé, sa vitesse d'élan la propulse à la verticale, sans effort de détente, comme si elle fusait. Aucun geste parasite vers l'avant, a le temps d'enregistrer Sue, bouche bée. La tête survole grâce à un beau galbe de la nuque, les épaules suivent impeccables, à plat, et le dos se cambre sans à-coup, puis les fesses ; les jambes semblent glisser sur la barre ; son corps s'est enroulé autour de celle-ci en un mouvement limpide ; les bras flottent, insouciants, n'amortissant pas la chute, la sauteuse roule mollement sur le matelas, puis se fige pour laisser au spectateur le temps de prendre conscience de la grâce de ce saut hétérodoxe.

— Une acrobate, je n'y crois pas ! crie une fille.

— Elle est trop facile… T'en dis quoi, Sue ?

— Comme toi : on dirait qu'elle voltige presque. Ça ne va pas être du gâteau, d'aller la chercher si haut.

Il faisait chaud, le soleil commençait à taper, les merles s'étaient retirés Dieu sait où. Sue jeta son café dans l'herbe. Elle ne parvenait pas à évacuer la confusion éprouvée après ce saut, plus exactement sa difficulté à trouver comment réagir à l'époque. Elle eut la flemme de fouiller plus loin dans sa mémoire alcoolisée.

Un bruit de moteur l'alerta, elle jeta la lettre sur la table.

— Salut, Earl, j'arrive.

Elle rejoignit en quelques foulées la camionnette, qui démarra en direction du parc. Dans le vestiaire des jardiniers, elle revêtit le sweat-shirt du personnel. Elle se frotta le visage à deux mains devant la glace, sans grand succès, donna un coup de brosse à ses cheveux emmêlés. Earl l'arrêta quand elle s'apprêtait à saisir des outils de jardinage.

— Laisse tomber les plates-bandes, Sue. Elles sont moins impatientes que tes ouailles. File.

Sur l'herbe près de la porte, une vingtaine de personnes en tenues fluo meublaient le retard de Sue par des étirements musculaires qu'elles scandaient d'une seule voix, aspirant à se contorsionner et à s'épuiser au plus tôt.

— Hello, Sue, contents de te voir. Quel est le programme ?

— On trottine, on expire à fond, les bras relâchés le long du corps. Aucune accélération avant de sentir le tee-shirt bien mouillé. Aujourd'hui, aviron sur le petit lac, et on finit par un tournoi de frisbee, okay ?

Sue les regarda jusqu'à leur disparition derrière un bosquet. Sa main se referma sur le côté gauche de son ventre. « Oh non ! » Elle le malaxa comme pour réduire en bouillie un mal qu'elle savait maintenant en embuscade, avec comme chaque fois l'impression d'un compte à rebours, elle pinça vite en divers endroits des élancements qui lui étaient familiers pour tenter de les écraser avant qu'ils ne deviennent aigus, qu'ils n'imposent leur rythme lancinant. En vain, elle devrait faire avec. La perspective d'une journée tranquille entrevue dans la voiture d'Earl se dissipa. À l'acuité des décharges, elle savait qu'elles allaient l'assaillir jusqu'au soir, la nuit et peut-être le jour d'après. Hors des regards, sa bouche exagéra des grimaces pour amortir ces élancements, plus exactement pour en avoir l'illusion. Elle fut tentée de rentrer chez elle pour avaler des pilules, vider une bouteille, s'abrutir et se blottir, redoutant les efforts à fournir pour simuler une humeur tonique face à son groupe. L'idée de son mobile home torride l'en dissuada.

— Ça va, Sue ?

Sue se retourna et sourit à Earl.

— Certaine ? Je passe te prendre ? Cinq heures au carillon ?

C'est dans ce parc, un matin à l'aube, qu'Earl l'avait découverte alors qu'il traitait les arbres avant l'arrivée de la foule. Elle gisait inerte sous un taillis. La grande taille de ce corps féminin d'abord l'étonna. Puis le survêtement tricolore l'intrigua ; de plus près, il reconnut l'écusson des équipes américaines. Un pied avait perdu sa chaussure, aucun sac ne traînait alentour. Elle se tenait recroquevillée sur le côté, ses longs cheveux emmêlés recouvraient son visage, l'immobilité laissait penser à un sommeil profond. Lorsqu'il lui tapota l'épaule, elle tourna vers lui des yeux grands ouverts, un visage boursouflé par l'alcool, marqué de taches violacées, probablement des coups, s'inquiéta Earl.

Sans poser de question, il s'en alla chercher une trousse à pharmacie ; à l'aide d'une serviette humide, il la débarbouilla des traces de vomi qui s'étaient glissées dans son cou et humidifia son visage. Elle se laissa faire, confiante ou indifférente. Il remarqua sa main agrippée à son ventre, s'étonna de la force de sa contraction, mais il ne demanda rien et continua d'apaiser ses hématomes avec de l'eau fraîche. Soudain, une intuition. Ça ne peut pas être elle ! Elle l'entendit, il fallut qu'elle bredouille son nom pour qu'il admette qu'elle était Sue Baxter, il n'y a encore pas si longtemps le visage le plus célèbre de la ville.

Plus tard, il repensa souvent à ce moment, lui penché sur ce visage emblématique, à imaginer une histoire de déchéance, d'engrenage fatal, si souvent racontée et pourtant à mille lieues de la réalité. Il appela à la rescousse des jardiniers dispersés entre les massifs du parc. Ils rappliquèrent et, taisant leur inquiétude devant son état comateux, la transportèrent au poste d'infirmerie. Elle ne se plaignait pas, ne rouspétait pas ; par moments elle haussait les épaules ; docile, elle se contentait de se laisser dorloter et de marmonner des bribes de réponses incompréhensibles à leurs discrètes questions.

Deux heures plus tard, ses parents sortirent d'une voiture, suivis de Sam, son coach de toujours.

— On va te peinturlurer des signes apaches pour cacher ces mauvaises marques, dit-il pour lui arracher un sourire, en même temps qu'il auscultait son corps de ses mains précautionneuses.

La mère nettoya son pied nu des brindilles et de la

mousse prises entre les orteils et ôta la deuxième chaussure. Tous se montrèrent enjoués, parlant de cette voix anodine qu'on emprunte dans les chambres d'hôpital. On dit que son père, ce jour-là, raconta pour la première fois son propre accident lors de la bataille de Hué, sans doute tentait-il de tisser une complicité avec sa fille pour la rassurer, en tout cas lui suggérer qu'elle aussi sortirait du tunnel.

Les mains crispées de Sue sur son ventre n'échappaient à personne. Mais on ne jugea pas opportun de tenter de leur faire lâcher prise. Peu après débarqua son ancien agent, accompagné de Stan Singer, un reporter vedette de l'*Arizona Republic,* qui débutait au service des sports au moment où Sue faisait son apparition dans l'équipe d'athlétisme et qui la suivrait jusqu'au bout. Tout le monde l'appréciait, il n'eut pas à promettre de se montrer discret.

DOS À LA BARRE

Adolescente, ravie de l'être, Sue s'adonnait au rituel du petit déjeuner, un genou en appui sur sa chaise pour atteindre tout ce qu'offrait la table de la cuisine. Mains agiles, elle attrapait la carafe de lait, emplissait un bol de corn flakes, qu'elle garnissait de fruits secs, empilait des pancakes nappés de confiture et de glace à la vanille, avant de s'empiffrer, sans égard pour le chien qui espérait à ses pieds. Sa mère ne se lassait pas de la scène, éberluée des calories brûlées en une journée par l'organisme de sa fille, et d'avoir mis au monde un être habité de forces qui lui semblaient étrangères.

On ne pouvait l'étiqueter garçon manqué à cause de ses longs cheveux dégringolant en boucles blondes. Il n'empêche qu'on l'avait toujours vue mêlée à des garçons, à courir derrière une balle dans le parc situé derrière les maisons. Toujours partante pour un match, elle maniait avec culot la batte de baseball, lançait d'une main ferme le ballon de football ou dribblait des deux pieds au soccer, ambidextrie très convoitée par ses camarades de jeu. Son père, qui lui laissait la bride sur le cou, se refusant à la stimuler, se tenait assidu derrière la ligne de touche et trépignait de fierté ; plus loin, sa mère se rassurait en se disant que cette débauche physique ralentissait sa croissance.

Les Baxter habitaient une maison en bois, sosie de toutes les maisons de la rue, sinon que la leur était blanche. Les jours caniculaires, de hauts arbres étendaient dans le jardin un ombrage protecteur sur la niche du chien qui passait ses journées avec ses potes du quartier, ainsi que sur l'abri du barbecue et le garage à vélos. Un totem apache, un panneau de basket, lui aussi bariolé de figures animalières, et un cactus dressant ses deux longs bras au-dessus de sa tête faisaient bande à part.

Un drapeau américain flottait au-dessus de la porte d'entrée, plus large que les autres du quartier. Un jour – Sue s'en souvenait, quoique encore enfant à l'époque –, son père sortit de la voiture un long bâton et un drapeau neuf. Sur le tissu, on pouvait lire en lettres noires *Hué*. Il prit ses outils ; la famille et les voisins s'avancèrent pour l'observer en silence fixer la hampe sans que personne n'ose poser la question que tout le monde avait sur les lèvres. Il demeura un moment à regarder la brise apprivoiser l'étoffe. On n'en parla jamais.

À l'époque, la guerre du Viêt Nam imposait ses GI's à tous les journaux télévisés, leurs visages barbouillés de boue et de cendres, leurs yeux hallucinés, avec pour bande-son le vrombissement continu des hélicoptères. Ce printemps 1969, toute la rue suivit les reportages sur la bataille de Hué, sans toutefois rien savoir du rôle qu'y avait joué le père de Sue, ce qu'il y faisait. Il revint sans prévenir. Un dimanche, il sortit d'un taxi vêtu d'un uniforme de cérémonie, casquette plate et blanche, comme on en voit au cimetière ou lors des parades, le visage mangé par une barbe broussailleuse, s'aidant d'une canne à cause d'une blessure à la jambe. De cela non plus on ne disait rien ; et lorsque des copains l'interrogeaient, Sue haussait les épaules en signe d'ignorance. Quant à la barbe, il la rasa un matin que la météo annonçait chaud.

Le petit déjeuner englouti, Sue endossait son cartable, embrassait sa mère et sautait sur son vélo. Son amie Maggie l'attendait au bout de la rue devant sa maison peinte en rose. Sur la route de la middle school, tout au long des interminables pavillons de Gilbert, un quartier de l'ouest de Phoenix, elles pédalaient et causaient, parfois chantaient ou improvisaient des sprints jusqu'à l'asphyxie. Le soleil rayonnait sur cette gaieté.

L'équipe de basket de la high school s'appelait les Blue Cheetahs, personne ne sait trop pourquoi puisque de panthère, on n'en a jamais aperçu dans les déserts de la région. Toujours est-il que les filles portaient des maillots bleus floqués d'une tête de fauve, crocs retroussés, qui les galvanisait. L'inévitable se produisit pour Sue au premier trimestre de son admission. Quelques parties de ballon avec des copines entre deux cours suffirent aux coachs de l'équipe pour repérer son gabarit, sa vivacité, et pour la happer. Elle imposa sa détente sous les panneaux ; son jeu orienté vers l'avant lui attira la sympathie de ses équipières. Les coachs la cajolèrent tant elle bougeait vite, douée d'une agilité sur ses appuis anormale pour une telle taille. Pas tant de bruit, répétait-elle parfois en riant dans le vacarme du jeu. Elle ne se laissait pas griser, elle n'aurait pas su décrire son plaisir d'être là, peut-être simplement se régaler de répondre à une telle demande de son entourage. Surprise, Maggie la vit remettre à plus tard leurs résolutions adolescentes. Tout ce que Sue attendait du monde pouvait attendre.

Un homme ne ratait aucun match, assis à la même place, une cravate de l'université dénouée sur une chemise à manches courtes. Indifférent à l'engouement de la salle, comme impassible au match, le regard rivé sur Sue partout sur le terrain. Parfois, il sortait un carnet de sa poche qu'il rangeait sans écrire un mot. C'était Sam Ulmer, le coach de l'équipe d'athlétisme. Obnubilé par la coordination de gestes de Sue, il finissait en nage.

Étudiant, Sam Ulmer se destinait à la recherche biomécanique. Un laboratoire de Yale l'engagea alors qu'il terminait un PhD novateur. Il entama ainsi une carrière au sein d'une équipe qui l'encouragea à concentrer ses travaux sur l'explosivité dans la gestuelle sportive. Mais il y avait trop de méthode dans cette existence. À l'occasion d'une conférence devant les équipes sportives du campus, il les suivit à l'entraînement et, sur la piste, il éprouva la soudaine nécessité de se confronter à une réalité corporelle, de troquer simulations mécaniques contre muscles suants, nerfs à fleur de peau et cervelles. C'est ainsi qu'il rejoignit le staff des coachs de la high school, où sa curiosité intellectuelle le poussa à la tête du département d'athlétisme. Aussitôt les murs de son bureau furent tapissés de croquis de gestes.

À la fin d'un match des Blue Cheetahs, dans la cohue un peu braillante du couloir qui menait aux vestiaires, il parvint à retenir Sue. Il ne s'attarda pas en félicitations pour ses vingt-six points marqués, mais lui parla synchronisation, détente. Sans reprendre son souffle, il lui proposa de venir faire un bout d'essai sur le terrain d'athlétisme. Pour expérimenter des impressions, « te montrer un truc, ne te bile pas ». Encore ruisselante d'un match où elle venait de tout donner, pressée de se lâcher dans le chahut du vestiaire, Sue promit par gentillesse de lui rendre visite.

Elle débarqua un samedi matin sur la piste d'athlétisme, son sac en bandoulière, mue par une vague curiosité ainsi que par le désir d'une journée en plein air. L'herbe et le ciel du parc près de chez ses parents lui manquaient.

— Plaisir de te voir. Pour tout le monde je suis Coach Sammy.

— Bienvenue dans la Vallée des lamentations, lança une fille depuis la piste.

— Ne l'écoute pas. En tenue !

Sam devinait fragile la motivation de Sue, il savait le risque qu'il prenait à la priver de ballon. Il choisit de l'impliquer dans le saut en longueur, immédiatement ludique, pour qu'elle renoue avec des jeux d'enfants, et qu'elle prenne en même temps conscience de ses aptitudes singulières. En trois séances, ses bonds attirèrent l'attention. Dotée d'une pointe de vitesse ordinaire, elle ne se propulsait pas plus haut que la moyenne mais, dans les airs, au sommet de la courbe, quand les autres préparaient un atterrissage le plus net possible dans le bac, son soudain battement des bras et des jambes, naturel, sans geste précipité, l'emmenait plus loin sur le sable. Beaucoup plus que Sam ne l'avait imaginé en l'observant sur le terrain de basket.

Un jour, au moment où elle passait devant son bureau, il l'interpella.

— Entre, Sue, je veux te montrer quelque chose.

Une vidéo dans son magnétoscope. Sur l'écran apparaissent d'abord les chaussures d'un athlète, dépareillées, l'une blanche, l'autre bleue. La caméra remonte sur des jambes minces, à la limite de la maigreur : des guiboles de sauteur en hauteur. L'image s'attarde sur des mains qui se nouent et se tordent fébrilement. On voit un numéro de dossard, 272, puis les épaules voûtées de l'athlète. Un panneau indique 2,24 mètres, l'athlète ne cesse de se balancer. Avant qu'il ne s'élance, Sue s'écrie : « Dick Fosbury, Jeux de Mexico ! » Elle compte ses foulées, l'observe au bout de l'élan se présenter à l'envers, dos face à la barre après une virevolte à 180 degrés de tout son corps. Si absurde qu'un long silence des commentateurs – chacun se laissant flotter entre doute et sidération – précède un chœur d'exclamations.

— Dingue ! Ça paraît toujours aussi incroyable.

— 1968, plus de dix ans déjà ! Tu t'en souviens, toi ?

— Tu parles, les gants noirs de Tommie Smith et John Carlos…

— Et Bob Beamon…

— … qui nous craque son record de cinglé.

— Sous l'orage.

— Le pataquès que ça a foutu chez moi. Ça aussi, je m'en souviens.

Sam remit la cassette pour voir au ralenti le basculement du sauteur à l'envers au-dessus de la barre. Sue se tourna vers lui :

— Dis donc… Holà, ho, ho… coach, si tu as une idée perverse derrière la tête, abandonne. Bien trop tordu pour moi.

— Sue, tu sais le coût d'une inscription à l'Arizona State University ? Si tu espères une bourse grâce au basket, oublie. Des joueuses comme toi, les high schools en sortent à la pelle chaque printemps. Par contre, si tu passes 1,87 mètre d'ici le bac, tapis rouge.

— Des conneries, tu sais comme moi que les recruteurs se foutent pas mal du saut en hauteur. Ils ne regardent que du ballon ou de la boxe. Pour les filles, à la rigueur des courses, et encore, faut pas qu'elles s'éternisent.

— Grossière erreur. À trop penser ainsi, on s'est pris dix centimètres de retard sur les sauteuses de l'Est. Bon Dieu, on ne peut plus se laisser humilier ainsi, à faire tomber la barre quand les autres ôtent à peine leur survêt. Les débandades, ça ne passe pas à la télé. Je te le dis, on a été briefés, branle-bas à tous les étages, la fédé, les high schools, les universités, les TV channels. Coca-Cola est dans le coup. Tout le monde avance en rang serré au son du clairon… Toi, Sue, tu as une carte à jouer.

DES CHARS VERDÂTRES

C'était un soir d'été, le ciel virait au bleu indigo au-dessus du stade du campus universitaire ; à l'horizon du désert, des lueurs annonçaient la fraîcheur du crépuscule. Sur la piste jonchée de survêtements, pommades, bouteilles, chaussettes et sacs en vrac, Sue, étendue, profitait de la chaleur accumulée tout l'après-midi par le tartan. Elle étirait ses muscles avec une sensation de bien-être presque voluptueuse, comme souvent les sportifs au lendemain d'une belle performance.

Autour d'elle, une atmosphère potache. Ses partenaires d'entraînement rivalisaient de blagues en se passant des exemplaires de l'*Arizona Republic* qui publiait en une la photo de Sue. Elle n'écoutait que d'une oreille, intimidée par ces marques de reconnaissance imprévues. Elle se contentait de sourire, un peu hébétée, elle le savait, parce qu'elle planait encore haut, très au-dessus d'1,90 mètre, hauteur d'une barre franchie la veille, à sa grande stupéfaction.

Cela se passait à Des Moines – ses premiers championnats nationaux – et ce saut lui offrait son premier titre avec, cerise sur le gâteau, le record des États-Unis. Depuis, elle ne cessait de redécomposer mentalement ce saut, savourant la précision de sa mémoire ainsi que la certitude de n'en rien oublier dans les années à venir : le picotement sous la plante du pied de sa jambe d'appel, le désir de secouer les cheveux, un coup à droite, un coup à gauche, pour braver la barre ; la perception des abdominaux repliés vers la colonne vertébrale. Avant, il y a les fleurs jaunes des pissenlits du carré de pelouse où elle s'est allongée entre les essais. La part de tarte aux abricots enveloppée par sa mère dans un de ses foulards d'enfance. Le fou rire qu'elle pique avec le reporter de l'*Arizona Republic* lorsque Sam entreprend, pour la première fois à l'évidence, de lui masser les pieds *dans un processus de contrôle de la pensée.*

Mais, plus inattendu que ces souvenirs, c'est l'étrange sensation des regards portés sur elle qui lui reste. L'incompréhension ou la méfiance dans les yeux de Joan, après qu'elle a franchi 1,87 au premier essai, qui pousse la grandissime favorite, soudain trop fragile, à devancer sa défaite. Le désarroi sur le visage de Greta, qui pourtant vint l'encourager au vestiaire en grande sœur. Dans le regard de Bette, qu'elle croise plus longuement parce qu'elle la précède sur le sautoir, elle voit, non de la crainte ou de la déception, mais une forme de soumission que confortent des gestes oubliés, comme dénouer et renouer ses lacets, puis tendre les mains vers le sautoir, comme elle fait systématiquement. Et les regards des officiels, leurs expressions joviales, lui semble-t-il, lorsqu'ils posent la barre à 1,90 mètre ; enfin l'attroupement des athlètes autour du sautoir, pour elle seule.

Ces sensations trop neuves, Sue n'ose les partager. Elle sait que sa performance la projette vers des pays lointains, Roumanie, URSS, Bulgarie, dont elle ignore presque tout mais qu'on dit rudes, peuplés de gens hostiles. La perspective d'affronter dans des stades étrangers ces fantastiques championnes qui ignorent son existence, et dont elle-même ne connaît pas grand-chose sinon qu'elles sautent encore un peu plus haut qu'elle… elle en tressaille de ferveur depuis la veille.

Ainsi souriait-elle, allongée sur le tartan, la tête dans les étoiles, lorsqu'un groupe d'hommes déboucha sur la pelouse, veste sur le bras. Ils marchaient d'un pas alerte, suivis de collaboratrices et de gardes du corps qui intriguèrent les athlètes. Sue n'eut le temps de reconnaître que le *head coach* de l'université avant que la délégation ne s'arrête face à elle.

— Susan Baxter, notre héroïne. Susan, je te présente monsieur le gouverneur, monsieur le président de l'université, le directeur marketing de chez…

Le gouverneur le coupa :

— Boulot phénoménal, Sue. Nous sommes tous super fiers de toi. Bien entendu, j'ai annulé toutes mes réunions hier, au grand dam de ma secrétaire, pour ne pas rater une miette de ton concours. Je suis venu te dire des mots simples. On continue de plus belle à tes côtés, tout l'Arizona. Parce que maintenant, il va falloir taper ces foutus Rouges. Une autre histoire, elle sera jolie ! On va en faire de la purée. Cette fois, on ne lâche rien, pas question de te laisser seule sur le champ de bataille avec ces coriaces. On va le faire !

— À Moscou ! Tu seras aux Jeux, vivement l'an prochain !

— Tu vas les plier menu, Sue, la Russkof, la Bulgarof. Depuis le temps !

Tous les athlètes, amusés, se rapprochèrent pour crier un joyeux hip hip hourra ! Le groupe s'en retourna.

Noël cette année-là débutait sous un ciel d'un bleu vif, comme souvent en Arizona. Une couronne de branchages était plantée sur la porte de la maison Baxter, des guirlandes argentées se balançaient entre les arbres du jardin, une dinde rôtissait sur le barbecue. On s'activait pour le repas. Parties tôt le matin en balade, Sue et Maggie poussèrent le portillon, prises de fou rire. Soudain, le frère de Sue cria depuis le salon :

— Venez voir, magnez-vous ! Les chars !

Sur l'écran, des chars verdâtres attendent en rangs dans une plaine pelée, jaunâtre, poussiéreuse. Puis, dans un bruit de ferraille, d'autres chars traversent des faubourgs d'habitations en pisé, dans des rues en terre, ils rejoignent des camions qui tirent des carrioles chargées de canons. À peine distingue-t-on les silhouettes d'enfants embusqués, impassibles et curieux, des chiens indifférents, des ânes aussi, interloqués. Puis les stridulations d'avions, des vagues de patrouilles qui se succèdent, tonitruantes. Opération Chtorm 333, deux divisions de blindés de l'Armée rouge franchissent la frontière entre l'Ouzbékistan et l'Afghanistan, indique le sous-titre en bas de l'écran. La caméra pointe dans le ciel des nuées d'hélicoptères. Parfois apparaissent des badauds emmitouflés dans leurs vestes de mouton, des femmes imperturbables qui semblent trop occupées près d'un puits d'eau pour lever la tête, des chameaux, des palmiers frileux et, tout près, les montagnes aux crêtes arides.

Des véhicules blindés s'avancent dans une poussière d'ergs jaune et vert sous une lumière grise, leur succèdent sur des routes enneigées des convois militaires en train de doubler des autocars archibondés de voyageurs au milieu de leur barda jusque sur le toit. Des véhicules gisent sur le flanc dans le fossé. Des images floues montrent les hélicoptères imposant leur vacarme sur Kaboul. Un général soviétique monte d'un pas pressé les marches déneigées d'un palais présidentiel, un cartable à la main, suivi d'officiers coiffés de casquettes et de commandos aux aguets. Invasion soviétique de l'Afghanistan : le général Borisov, *The Red Chief*, indique le sous-titre. On entend la friture de talkies-walkies, le sifflement aigu de roquettes, les explosions sourdes.

Puis surgissent les coupoles couvertes de neige du Kremlin, le visage figé de Leonid Brejnev à son bureau, chaussé d'épaisses lunettes, entouré de maréchaux, à en croire les plastrons de médailles, muets, solennels mais optimistes face à la caméra.

— Première fois que je vois des chars, dit Sue, je n'imaginais pas une guerre comme ça.

— C'est Noël, dit son père en coupant la télévision.

— La dinde brûle, cria une voix dans le jardin.

Toujours inquiète, Maggie tenta d'aborder le sujet de la guerre dans la conversation, mais fut aussitôt rabrouée. On n'évoqua pas non plus le saut en hauteur car Sue se sentait gênée de répondre aux questions en famille. On pique-niqua sur l'herbe autour d'une nappe, des voisins coiffés de bonnets rouge et blanc s'assemblèrent devant la barrière pour entonner des chants de Noël. Ils burent un verre de vin, puis reprirent leur chorale de portillon en portillon.

Les lits de la résidence d'étudiants sur le campus n'étaient pas à proprement parler conçus pour les galipettes amoureuses, a fortiori pour des gabarits comme celui de Matt Russel. Matt jouait *running back* dans l'équipe de football : quatre-vingt-dix kilos de puissance, de vitesse et une sûreté de main phénoménale. Sue et Matt s'accommodèrent une nouvelle fois du sommier en rivalisant d'ingéniosité et d'éclats de rire. Épuisés, trempés de transpiration, ils se caressèrent distraitement du bout des doigts et se racontèrent des histoires sur eux-mêmes, qui tournèrent ce jour-là autour des chiens avec qui ils avaient grandi, plus nombreux dans la ferme de Matt, puis en vinrent très vite, bien sûr, au sport et aux prochaines échéances.

Grâce à ses jambes de feu, Matt faisait souvent gagner l'équipe à lui tout seul. Ses *touchdowns* invraisemblables en fin de match volaient la vedette au *quarterback*, au point qu'une chorale improvisait des couplets pour célébrer ses rushs. Ça ne lui montait pas à la tête. Il avait grandi dans une région où les éleveurs de moutons apprennent à raser les murs dans la grande rue, où les mômes s'habituent dans la cour d'école aux bagarres provoquées par l'odeur grasse des bêtes qui imprègne leurs vêtements. En permanence sur ses gardes dès qu'il rencontrait du monde, tout aussi ébranlé par la frénésie de ses groupies à la sortie des matchs, Matt se simplifia l'existence en draguant Sue, charmé par sa tranquillité, rassuré par sa désinvolture à l'égard de ses propres fans, pourtant nombreux, et parce qu'à l'inverse de filles qui lui témoignaient une adulation exubérante, ou d'autres étudiantes cérébrales, hautaines et suspicieuses, Sue lui parlait amicalement.

Elle accepta d'emblée de sortir avec lui. Un soir, après un concert où ils avaient essoré plusieurs canettes, c'est elle qui glissa sa main sous son tee-shirt pour lui chatouiller les abdominaux. Il pencha sur elle un visage rouge pivoine et rencontra un regard brillant. « Ça s'annonce pas mal, non ? » Le souffle précipité, Sue accéléra de ses doigts sur la peau frissonnante de Matt les préliminaires qui devaient les amener dans son lit, songeant dans un premier temps à une aventure sans complications, qui durerait le temps d'une torride attirance.

Elle ne se trompait pas : Matt la remplissait de bonheur ; charmant, en balade, à marcher loin des autres et à discuter. Il l'écoutait avec attention, timide, dénué de la vanité qu'on pouvait craindre d'une star de campus. Souvent présent à ses entraînements, il l'encourageait sur un ton juste, ni excessif, ni désinvolte. Il la serrait dans ses bras à l'improviste, sans un mot, n'importe où, plus fort qu'elle ne l'aurait jamais espéré. Elle s'attacha à sa tendresse, tomba amoureuse sans savoir quand. Lui aussi.

— Seize heures ? Mon Dieu ! Entraînement, je suis à la bourre, dit-il en bondissant sur son short.

— Moi aussi, on est partis.

Sur la pelouse du stade, les groupes s'étaient animés en discussions houleuses au lieu de s'entraîner. Plus bizarre, une foule d'étudiants en civil affluait, et avec eux des professeurs.

— Vous en faites, des tronches ! lança Sue. Accident ?

— Tu parles d'un accident ! Les États-Unis boycottent les Jeux de Moscou.

— Quel boycott ? Ça veut dire quoi ?

— On n'y va pas ?

— On reste à la maison, Sue, répondit un athlète. Plus besoin de te vider les tripes à l'entraînement. Tu respires un grand coup, tu fermes les yeux et tu laisses filer ton rêve. Battue sans concourir, tu peux imaginer ? La faute à cette foutue guerre en Afghanistan dont on se contrefout. Carter vient de le confirmer. Être patriote, il a dit. J'ai mal pour toi, chérie.

AU DESERT SALOON

Cinq heures au carillon de l'Old Coyote Park. Earl guetta la sortie de Sue. Il l'aperçut de loin, longiligne silhouette moulée dans un jean et un chemisier à fleurs, qui avançait de cette démarche souple et traînante qui l'amusait. Elle balança les hanches à sa vue ; de derrière son dos, elle sortit des dahlias chipés sur une plate-bande qu'elle lui tendit. Son sourire se crispa, ses yeux s'embuèrent d'une larme. La brusque tension de son visage ne put dissimuler à Earl un désarroi qu'il appréhendait en permanence. Depuis qu'il l'avait embauchée au Park, Earl apprenait à lire dans son regard les lueurs, à la fois humides et étrangement fixes, qui trahissaient les élancements de douleur. Il savait que nul médicament ne pouvait les apaiser, non plus que des paroles.

Ceux qui pensent que la frustration abîme l'amour sous-estiment la formidable faculté de l'amour à s'adapter aux situations qui en valent la peine. Il serait difficile de décrire le bonheur renouvelé, en tout cas l'émotion heureuse d'Earl à la vue de Sue, et ce depuis le jour où il l'avait trouvée gisant sous le bosquet. Il se demandait parfois s'il regrettait de ne pas pouvoir l'aimer sans ce sentiment proche de la compassion qui se réveillait à chacune de leurs rencontres, mais connaissait l'invariable réponse : non. Le rôle du bon copain samaritain qu'il jouait auprès d'elle ne le décourageait jamais. Il se contentait de faire partie de son histoire comme le destin le lui permettait, car il se doutait bien que ce n'était pas cette attitude qui l'empêchait d'être aimé d'elle.

— *Howdy*, Sue, tu tiens le coup ? Je te paie quelques bières. Tu vas me raconter ta lettre de Russie.

Au Desert Saloon, ils s'installèrent dans leur coin, à la courbure du bar, dont ils aimaient le bois brut et le totem psychédélique qui, et c'est pourquoi Sue ne venait qu'ici les rares fois où elle s'éloignait de son mobile home, veillait sur elle de ses yeux rieurs et son énorme bec rouge vif. Le barman leur décapsula deux bouteilles. Earl n'ignorait pas que ces bières allaient en attirer d'autres. À un moment, cela déclencherait chez Sue une irrépressible envie de s'immerger dans l'alcool, ce qu'elle appelait sa lame de fond, qui précipitait chaotiquement dans le trou de l'oubli à la fois la raison, l'amour-propre et les douleurs. Un groupe texan arriva sur scène, la chanteuse souleva son chapeau à l'attention de Sue d'un « Hello, jolie championne ! ».

Sue et Earl écoutèrent quelques ballades puis reprirent leur conversation là où ils l'avaient laissée : l'été 1980, les Jeux olympiques de Moscou. Ou plutôt, ils revinrent au début de cette même année, en janvier, lorsque Sue avait appris, sur son campus, l'annonce du boycott américain qui aurait dû être son premier rendez-vous avec cette Tatyana Izvitkaya.

— Quand tu comprends que tu n'iras pas à Moscou, le monde s'effondre ? demanda Earl.

— Pas du tout, juste sonnée. Comme les autres, je n'avais rien vu venir. Pour moi, la guerre en Afghanistan était une guerre de communistes. Mon père d'ailleurs ne cessait de répéter que nous n'avions rien à voir avec ça. J'étais dans ma bulle, mes communistes à moi se résumaient à la Tatyana de la lettre et aux deux Allemandes, Isolda Kreuzer et Ute Bausch, plus une Bulgare. J'en rêvais. Je les guettais dans les journaux, je m'étais habituée à elles sans les avoir rencontrées.

— Pas plus découragée que ça ?

— Non. J'étais gamine, je venais de débarquer dans le truc. Au fond, je savais que la chance repasserait pour moi. Cette Tatyana, elle sautait trop aérien pour s'user avant que j'arrive. Les autres étaient des redoutables. Je savais que je les retrouverais. Pour les plus vieux, ça devenait autre chose, ça les a plombés.

— Il y en a qui ont mal réagi ?

— Les Jeux olympiques ! Tu imagines, pour eux ? Sous la douche, ils y pensaient déjà. On nous a invités à la Maison-Blanche, dans la salle des fêtes, carrément. On nous a montré les portraits de Thomas Jefferson, des Pères fondateurs. Les Carter sont entrés main dans la main, tout sourire, comme à une party. Ils se sont mêlés à nous, ils n'en finissaient pas de nous remercier.

— De quoi ?

— Ils étaient gênés. Il faut dire que beaucoup de militaires traînaient dans la salle. Un cinq-étoiles des Marines a pris le micro. Lunettes de soleil, aucune médaille ne manquait. Il a évoqué la Seconde Guerre mondiale, les nazis, les communistes. Une bataille en Belgique, où il a combattu les chars allemands, village après village, dans les forêts enneigées, les pieds gelés, sans plus d'allumettes ni de boîtes de corned-beef, les sacrifices des GI's. Bref. Ils nous ont promis plus de bourses et de sponsors.

— Vous avez écouté sans broncher ?

— Il y en a qui pleuraient. D'autres au contraire en remettaient une couche dans le patriotisme. Je me souviens d'un haltérophile. Un cou de taureau, celui-là, comme je n'en ai jamais vu. Un gars du Missouri, Randy Wayne. Il a vadrouillé toute la soirée en agitant un petit drapeau américain, il criait « enculés de Rouges », des amabilités de ce genre.

— Je me souviens du mec. Surtout de sa génuflexion à la fin d'un concours.

— Pareil à la Maison-Blanche ! Jésus nous protège, le péril rouge.

MOSCOU, STADE LÉNINE

Ce matin d'août 1980, à l'hôtel Rossia, sur la place Rouge, après s'être passé un bracelet qu'il réservait aux grands évènements, Frédéric se mit à siffloter dans l'ascenseur qui le descendait à l'étage des restaurants. Neuf mille journalistes y convergeaient afin de partager un premier petit déjeuner monumental, avant de se rendre à la cérémonie d'ouverture des Jeux de Moscou.

Sans s'attarder au milieu du grand chahut, Frédéric descendit dans le métro, impatient de découvrir le stade Lénine. Dans la rame, à peine les Moscovites remarquaient-ils ses chaussures en cuir véritable qu'ils se précipitaient vers lui pour tenter de troquer un billet d'entrée contre une broche vite décrochée d'un chemisier, une cravate, une montre, un stylo et le cartable avec.

Une femme âgée, pleine d'optimisme, l'agrippa par la manche en lui montrant en catimini une poignée de billets froissés de cinquante roubles auxquels elle ajouta son alliance. Des filles le fixaient de leurs yeux bleus et pianotaient en souriant le pourtour du décolleté de leur robe estivale pour inviter à un troc plus nature. Pas de ressentiment, encore moins d'agressivité dans les regards, seulement l'irrépressible envie d'entrer dans le stade. À la station Sportivnaïa, Frédéric descendit très ému pour se diriger vers l'entrée du parc Lénine. Une babouchka derrière son samovar, sous une fresque géante de cavalerie, lui offrit un thé. Ensemble, ils regardèrent passer trois kilomètres de camions militaires frappés de l'étoile rouge, au dernier véhicule ils haussèrent les épaules. Il quitta la cohue des badauds silencieux pour pénétrer dans le bois de mélèzes menant au stade.

Le soir, les journalistes se retrouvèrent dans la salle des congrès du Rossia transformée en salle de presse. Sur des estrades, des sponsors offraient à volonté une vodka export, des jus d'orange et du Coca-Cola. Dans un joyeux vacarme babélien, les yeux irrités par la fumée de Havane que des étudiantes distribuaient en même temps que les communiqués, Frédéric tapa frénétiquement sur une machine à écrire Olympus en acier :

> La cloche du Kremlin sonne quatre coups. Une colonie de pyjamas et de bérets jaunes se campe aux quatre coins du stade. Un infini cortège de femmes aux chapeaux verts et jupes à frous-frous cerne la pelouse. Les plus belles de Moscou, surtout celle du sixième rang qui ne cesse de me sourire et me saluer avec sa guirlande.
>
> Tchaïkovski, Beethoven, Chopin accompagnent des tableaux humains composés de milliers de visages. De fières vestales entrent sur des chars romains tirés par des équipages de pur-sang blancs et noirs. Des éphèbes en sandales les gardent, des pâtres grecs les escortent, une myriade de Dianes aux cheveux d'or parsèment le sol

de pétales roses. Des grappes de matelots du *Potemkine* ouvrent le passage à un sigle olympique en sucre d'orge monté sur des roulettes en caramel. Et toujours la fille du sixième rang agite sa guirlande en ma direction, tenace.

La délégation grecque ouvre le bal, antique ; l'Autriche en tête des nations qui défileront sous l'emblème olympique pour protester contre l'invasion soviétique en Afghanistan. L'Afghanistan précisément, qui défile du pas de l'oie sous les vivats, la Bulgarie habillée "Années folles" en longues jupes plissées et bérets pour les dames, Borsalino pour les hommes. Le délégué de Goa, seul. La RDA disco, conspuée. Deux Libyennes anonymes sous un voile ; des Jordaniens déguisés en fedayins, les Polonais habillés en bénévoles de la Croix-Rouge. Les Cubains en tenue coloniale soulèvent des hourras.

Autour, la fresque humaine se transforme en peinture réaliste socialiste, en peinture abstraite dissidente, surréaliste, hyperréaliste, et en écran de télévision couleur. Le camarade Brejnev ouvre la XXIIe Olympiade d'une voix inaudible parce que la sagesse prolétarienne le dissuade de se risquer sur les cinq marches qui mènent au micro. Un bang retentit. Une voix interstellaire s'abat sur le stade, un brin grésillante : "De la fenêtre de notre hublot, nous voyons la Grèce, plus loin notre mère patrie, et un monde sans guerre, de peuples libres et conquérants et nous vous souhaitons du succès dans votre travail et une santé cosmique…" En direct de leur vaisseau spatial, les deux cosmonautes Popov et Rumine se mêlent à la partie. Dès cet instant, fini les chichis.

Une nuée de femmes en robes blanches s'éparpillent au rythme d'un disco balte. Les plus belles femmes de Russie. Puis surgissent les Tatares, les Lituaniennes, les Géorgiennes et leur pot au lait, les Mongoles, robes de mousse rose, turbans argentés, tabliers brodés, tuniques arc-en-ciel, les Yakoutes, stoïques mais agiles dans leurs bottes en renard argenté, les Ukrainiennes aux tresses blondes, les Tchétchènes en chapeau à bord noir, les Kirghizes sous leurs coiffes pointues, leurs fouets de cavaliers brandis. La foule scande “Kalinka Kalinka”. Les athlètes d'élite, les gymnastes mauves, les parterres de Michkas, encore des gymnastes mauves. Ouvriers, ouvrières, paysannes, paysans, soldats, soldates dansent un hallucinant ballet avec les plus belles femmes des quatorze républiques de l'Union soviétique.

Il est dix-neuf heures.

C'est pourtant sous un vent de révolte féminine que débute la cérémonie pour la délégation soviétique, cantonnée depuis la pointe du jour sur une pelouse annexe du stade Lénine. On vient de distribuer les paquetages des uniformes pour le défilé. Comme toutes les athlètes, Tatyana Izvitkaya enfile un tailleur beige ourlé de mauve qui la fait rigoler car elle en a déjà porté un du même style aux Jeux olympiques de Montréal. La première à s'indigner en passant la jupe qui tombe au-dessous du genou est l'escrimeuse Natalia Tsyrulnikova, aussitôt suivie par le cri de fureur de la star de la gymnastique Vera Vertinskaïa, que l'on sait être la maîtresse officielle d'un amiral quatre étoiles :

— J'exige des ciseaux, tout de suite. Il n'y a que des vieux, au Politburo, mais ils ne sont pas aveugles, je sais de quoi je parle ! On n'a pas n'importe quelles jambes, ils le savent !

Un brouhaha solidaire s'ensuit.

— Vera, tu te calmes, lui réplique une des duègnes de

l'équipe. Les filles, aucune retouche, on ne raccourcit rien, sinon demi-tour et direct au village, compris ?

Des commissaires sportifs interviennent, des agents en costume beige du KGB pointent leur nez, la séance d'essayage reprend. Un foulard mauve sur un chemisier blanc complète l'uniforme des femmes. Pour la délégation commence une longue attente sur le terrain d'échauffement, à papoter et, pour les femmes, à taquiner leurs compatriotes mâles dont les pieds se gonflent d'ampoules dans leurs mocassins fantaisie.

Son tour arrive enfin, sous un ciel déjà lourd, que fendent en traînées blanches des patrouilles de Mig. L'armada soviétique ferme le défilé avec six cents athlètes : jamais plus l'histoire olympique ne connaîtra pareille démonstration de puissance. Quand elle débouche du tunnel, l'explosion des cris, l'ampleur de l'ovation saisit Tatyana. Si elle n'était enserrée dans son rang, avançant d'un pas qui se doit flâneur mais non moins cadencé, un peu dansant, un geste élégant de la main en direction des tribunes officielles, la stupeur la stopperait net car, bien qu'elle eût défilé à Montréal, elle n'avait pas imaginé vacarme aussi tonitruant de clameurs et de tambourinements qui ne faiblissent pas, et de chœurs et de chants.

Minuit sonna lorsque leur car regagna le village olympique, où les athlètes d'Asie centrale colonisaient le plus éloigné des immeubles soviétiques. Tatyana partageait un appartement avec deux compatriotes, une joueuse de badminton originaire du Xinjiang qui se levait dans la nuit pour sa prière et une tireuse à l'arc, lectrice de romans-photos mongols de contrebande.

Toutes trois s'accoudèrent à la fenêtre au-dessus de l'esplanade. Les Népalais revenaient vêtus de leur culotte de cheval, les Congolais dansaient se tenant par le petit doigt comme au défilé, le représentant de Goa, son drapeau à l'épaule, devait se sentir moins seul puisque entouré de Suédoises apparemment très curieuses.

Des éclairs laser illuminèrent le night-club qui résonna de disco. De la cérémonie, Tatyana retint surtout le souvenir des saris en satin bleu nuit des Indiennes, une valse de Chopin jouée par le philharmonique de Leningrad, sans oublier le pipi dégoulinant le long de la jambe de sa voisine dans le défilé qui ne put se retenir.

« MANAS » CHABDAN

Au neuvième jour des Jeux, la capitale Bichkek s'éveille aussi fébrile que les villages les plus reculés des montagnes du Kirghizistan.

À Moscou, dès l'ouverture, le clan kirghize se précipite dans le Palais des Sports Izmaïlovo, l'antre olympique des hommes de la fonte. C'est le dernier jour du tournoi d'haltérophilie, celui des lourds. Tous les peuples épris d'haltérophilie, depuis l'Oural jusqu'aux contreforts afghans de l'Hindu Kush, attendent le combat entre deux hommes forts soviétiques, antinomiques, antipodiques, ennemis.

Le jeune Russe Vladimir Aleksander Igunov, récent champion du monde, se distingue par sa grande taille, torse d'Hercule sans un gramme de gras. Sur les photos, il pose, visage de héros slave, yeux clairs tournés vers l'avenir, chef de la jeunesse soviétique en visite à Cuba. Plus moderne, on le voit en pleine partie d'échecs sur la place Ostrovski de Leningrad, ou soufflant dans un saxo avec des copains.

Son adversaire, une légende : le Kirghize Chabdan

Orozbakov, on l'appelle Manas dans ses montagnes, champion aux cinquante-deux records du monde, qu'il bat avec jubilation depuis une décennie, 500 grammes par 500 grammes. Sa silhouette plus râblée montre une musculature massive ; un visage arrondi, volontiers malicieux, de superbes moustaches, une chevelure hirsute. Champion olympique, invaincu sur un plateau d'haltérophilie, homme de tous les éclats, il a imposé sa force et sa vitesse à ses rivaux meurtris, jusqu'à son éclipse durant l'hiver dernier, aussi obscure que soudaine.

Sur le Russe Vladimir Igunov, les biographies distribuées par le service de presse soviétique abondent en détails : fils d'un lieutenant et d'une capitaine de l'Armée rouge, il sort ingénieur de l'école ferroviaire de Sverdlovsk. Parce que la chienne Laïka effectua son vol Spoutnik l'année de sa naissance, il appelle tous ses animaux Laïka et ses films préférés sont *Anna Karénine* et *Quand passent les cigognes* à cause de l'actrice Tatyana Samoïlova.

À l'inverse, les brochures de presse se veulent discrètes sur la vie du Kirghize, pourtant le plus célèbre leveur de fonte de la planète, qu'elles résument à une liste de titres et performances, comme si elles craignaient de concéder qu'elles en ignorent les secrets. Au sein de la communauté haltérophile, on sait qu'il vit chez ses grands-parents dans une maison en bois de Bichkek. On dit qu'il s'entraîne seul, à l'écart de l'élite soviétique. De savoureuses rumeurs circulent. Il soulève quarante tonnes de fonte chaque jour, plongé jusqu'aux épaules dans les eaux vives d'une rivière afin de ménager ses articulations et de se forcir le sang. Il tire des chevaux, les porte même, abat des arbres en forêt pour entretenir le souffle, et beaucoup l'ont vu prendre part à des tournois de lutte traditionnelle lors de fêtes dans les montagnes.

On raconte des histoires sur son appétit pantagruélique, les banquets de village, le bidon de lait de jument qu'il engloutit à son réveil, ses provocations et, moins bohèmes, ses coups de poing contre les Russes expatriés. Dans un reportage sur les tournois de lutte kourash, un journaliste du *New York Times* écrit qu'une nuit, lors d'un banquet, au moment où des apparatchiks ivres entonnent « La Marche des artilleurs de Staline », il bondit sur la table pour mettre le feu à un drapeau rouge. Ce geste lui valut une disgrâce, puis son absolution déroutante à la veille des Jeux. Le journaliste suppose que le staff soviétique – ou des membres du Politburo –, pris de doute concernant la solidité de Vladimir Igunov face à des adversaires de l'Est gonflés à bloc, a préféré rappeler le Kirghize dans ses montagnes.

Le Russe Igunov est un arracheur, la cinématique parfaite de ses mouvements compense sa modeste explosivité. Il est un pur produit de l'école russe, adoubé par Iouri Vlassov, l'un des plus grands puristes, héros soviétique des années 60. Il manque de niaque, surtout d'un grain de folie. Le Kirghize Orozbakov, lui, est un jeteur tonique, engagé à l'extrême sous la fonte. Son approche de l'haltérophilie choque les éducateurs plus que ses frasques, certains de ses gestes quasi hérétiques mettent à mal les manuels techniques. Mais il enchaîne des mouvements fabuleux et terribles car, face aux haltères, il semble entrer en compagnie mystérieuse, au-delà de la compétition et de ses rivaux.

La journée est ouverte, une tension sourde s'y engouffre au rythme de hurlements sur l'estrade et du bruit mat des haltères. En fin d'après-midi, l'épaulé-jeté tire à sa fin. C'est l'épreuve des fontes les plus lourdes, dite de vérité. Tous les champions renoncent successivement sous les charges, sauf le Russe et le Kirghize, comme il était attendu. La mécanique gestuelle du Russe montre toutefois des ratés de fatigue. Ils n'ont pas échappé au staff soviétique, très inquiet d'un triomphe kirghize à Moscou, qui décide de jouer son va-tout et convainc Vladimir Igunov de défier Chabdan Orozbakov à 258 kilos.

Vladimir ne les a jamais soulevés. Son esprit d'équipe l'emporte sur son appréhension. Il acquiesce, mais cette décision n'est pas la sienne. Dès son premier essai, sa précipitation court-circuite l'enchaînement des mouvements. Épaules droites, menton relevé, il dissimule ses doutes au staff en regagnant son siège, hochant à peine la tête en signe de contrariété. La peur l'attaque au deuxième, ses mains lâchent l'haltère à mi-hauteur avant le risque de défaillance.

Son visage blêmit à sa troisième tentative, il s'avance sur le plateau les yeux fermés, tête penchée vers le sol, les mains sur les épaules de son entraîneur qui lui ouvre le chemin vers la barre pour qu'elle lui soit dissimulée le plus longtemps. L'entraîneur non plus ne regarde pas droit devant, mal à l'aise, il sait que son protégé panique lorsqu'il doute. À la sonnerie, il lui claque deux paires de gifles, hurle des mots rageurs, son champion offre ses joues pour une nouvelle volée. Vladimir soulève la barre qu'il parvient à bloquer sur ses clavicules, il vacille sur ses jambes, ses pieds tâtonnent, se rétablissent ; à hauteur du front on peut croire qu'il a réussi l'essentiel ; alors ses coudes, à l'instant de se tendre pour jeter la barre au-dessus de sa tête, se mettent à trembler d'abord imperceptiblement, ensuite par saccades. Les yeux de Vladimir s'emplissent de sang et de larmes, sa veine jugulaire se gonfle, les mains lâchent la barre avant que la veine n'éclate sous la pression sanguine. Asphyxié, raidi, les muscles tétanisés par l'effort. Il se tient ainsi, prostré, jusqu'à ce que les soigneurs soviétiques comprennent et l'attrapent sous les aisselles pour l'emmener.

Seul en lice, Chabdan s'avance en se balançant d'une jambe sur l'autre, une serviette rouge et jaune sur les épaules, le cou blanchi de magnésie. Au sol, près de la barre, il pose une peluche en feutre blanc et gris, un chameau ou un cheval. Il se met à tourner autour de la barre, main tendue vers elle, lui parle en kirghize, articule distinctement des mots d'une voix qui ne se veut ni hostile, ni craintive. On entend qu'il ne prononce pas de phrases rituelles ni de mots sacrés. Il parle et ce qu'il dit paraît simple, puis s'interrompt, comme s'il attendait une réponse.

Au coup de sirène, il se frappe huit fois les épaules, sans un regard pour le staff au fond de l'estrade. Sa stature se fige jusqu'au silence. Il plisse les yeux, semble s'assoupir debout, insouciant de la pendule qui égrène les secondes de son temps réglementaire. « Appelle tes parents », chuchote son grand-père qui sait que sa grand-mère lui a appris comment convoquer les esprits de personnes qui lui ont été bienveillantes. Il se penche sur la barre. Main droite, main gauche, elles ne crochètent ni ne cramponnent mais serrent en douceur plus d'un quart de tonne. Ses poumons aspirent l'air, le compriment, son cou enfle, la barre s'élève, s'immobilise après une rotation cassée des poignets. Les yeux se plissent, les fesses descendent sans précipitation presque jusqu'au sol, cuisses repliées qui vibrent d'impétuosité. Pas un souffle dans la salle. Dans le coin des Kirghizes, Tatyana regarde, hypnotisée, main dans la main avec sa voisine.

Les jambes se redressent d'abord en brefs à-coups, le fessier puis le torse s'élèvent, les jambes se tendent tandis que la barre reprend son ascension, s'arrête une deuxième fois au niveau des clavicules. On sent son énergie monter et s'accumuler en haut du corps, il la contient, il aspire à la douleur qui l'attend, il sait qu'il va réussir. Un cri rauque jaillit de sa gorge quand il propulse la fonte au-dessus de sa tête en un geste d'une violence inouïe, la tient à bout de bras. Sa silhouette frémit sous l'effort, sauf le visage, souverain, presque indifférent à l'action. Cris, hourras ! Tout le monde debout. Chabdan lâche l'haltère devant lui qui rebondit en roulant, il la salue, remercie la salle, et s'éloigne en dandinant les épaules, dansant d'un pied sur l'autre, agitant ses mains au-dessus de sa tête pour remercier des êtres invisibles, sans la moindre attention pour Vladimir Igunov ni les autres vaincus.

Dans la soirée, coup de tonnerre ! Déflagration lors de la remise des médailles qui tournera en boucle sur les télévisions du monde entier. À l'appel des trompettes, côte à côte derrière les hôtesses et les officiels, le trio des médaillés se présente solennellement devant le podium.

Après ses deux rivaux, Chabdan hisse d'un saut caprin sa carcasse sur la plus haute marche. Sa moustache embellit son sourire facétieux. Le public se lève pour scander son nom. La délégation soviétique, de rouge vêtue, ovationne son triomphe et la prouesse de sa dernière levée, son cinquante-troisième record du monde. Dans son coin, le clan kirghize s'égosille, Tatyana bat des mains et rit.

Chabdan les contemple, joyeux, on croit qu'il va rire à son tour. L'hymne soviétique retentit et, alors que le drapeau s'élève sur le mât et que claquent les cymbales, Chabdan sort de sa veste de survêtement un fanion frappé d'un soleil aux quarante rayons d'or, symbole d'autant de tribus rebelles kirghizes qui mènent dans leurs montagnes une lutte pour l'indépendance ignorée du monde. Les chœurs de l'Armée rouge n'infléchissent pas leur chant. « Imagine la tête du Petit Père Leonid », chuchote le voisin de Frédéric. Le public ne réagit pas, à peine un brouhaha de murmures. Les étrangers nombreux dans la salle se regardent, trop abasourdis pour savoir quelle attitude adopter, respectant la solennité du moment ; pas le moindre geste d'officiels. Mais la fille assise à côté de Tatyana lui écrase le pied afin qu'elle dissimule son émotion. Chabdan agite son petit drapeau d'un mouvement placide de la main, un geste presque désuet. Rien d'emphatique, le calme saisit la salle jusqu'à ce que l'orchestre se taise et que le cortège se mette en marche pour se retirer.

Rien ne se passe jusque tard dans la nuit. Insomniaques, Tatyana et ses deux camarades de chambre guettent le silence, assises sur un lit. Au crissement de pas, elles entrouvrent la porte, le temps de voir passer trois hommes en costume beige. Puis le silence. À nouveau des bruits de pas – différents bruits de talons au sol –, les hommes reviennent. Elles voient passer la formidable silhouette de Chabdan en survêtement, qui n'a pas pris le temps de nouer ses lacets, entouré des costumes beiges si gringalets à ses côtés qu'ils n'osent accélérer la marche.

Un simple mot retentit, crié en kirghize par trois voix féminines. Chabdan se retourne d'un mouvement de son corps puissant, il regarde de ses yeux vifs, à l'évidence heureux de ce fugace moment complice, il sourit simplement pour remercier les filles qu'il ne peut que deviner dans l'entrebâillement de la porte, les salue d'un geste des deux mains en l'air et s'éloigne dans le couloir entre ses sbires.

Le lendemain, encore plus d'agents beiges du KGB boivent le thé dans l'immeuble occupé par les Asiatiques, ceux de l'étage de Tatyana la toisent quand elle sort, son sac à l'épaule.

Pour Tatyana, le jour J arriva une semaine plus tard, sous un beau soleil dont se réjouissaient les marchandes de glace autour du stade. Les spectateurs privilégiés profitaient de cette journée pour flâner dans le parc olympique, le long de la Moskova, avant d'être accueillis par petits groupes dans l'immense arène.

En attendant les trompettes d'ouverture, les athlètes s'échauffaient en trottinant aux quatre coins de la pelouse, essayant d'entendre des présages dans les tambourinements de leur cœur. Au programme du jour, l'une des épreuves les plus attendues : la finale de hauteur dames, l'épreuve culte aux yeux d'un cénacle d'esthètes. « Qu'y a-t-il de plus beau sur une pelouse olympique qu'une championne de saut, sinon le saut lui-même ? » nota ce jour-là Frédéric sur sa machine à écrire lorsque les championnes entrèrent en piste.

Longues, souples, de cette démarche indolente propre aux sauteuses, elles avancent en file indienne, le regard droit devant elles. Certaines se savent miraculées du boycott : l'Australienne Rose Dickinson, l'Italienne Maria Magnani ou la Belge Jannetje Bogaerts. Elles en tressaillent encore et ne cachent pas leur plaisir.

Le sautoir se dresse dans le virage ouest. Le soleil a écarté les nuages de son chemin pour l'illuminer d'une lumière claire qui ne va pas décliner au fil des heures. Oui, durant plus de trois heures d'une intensité inimaginable, le sautoir va vivre un concours inédit, puisqu'à 1,97 mètre cinq championnes restent en lice à leur troisième essai. Rose Dickinson, blonde platinée, un brin blagueuse, accoudée sur une pile de serviettes ; les deux Est-Allemandes Isolda Kreuzer et Ute Bausch, assises en silence côte à côte sur l'herbe ; Maria Magnani, qui aspire de profondes bouffées d'air, adossée à l'abri du soleil. Installées en arc de cercle autour du sautoir, elles s'évitent dans leurs allées et venues, leurs regards ne se croisent plus. Elles s'appliquent à s'ignorer, attentives aux sensations de leur corps, aux signaux d'alerte qu'il envoie, parfois aux emballements du public. La plus petite d'entre elles, la championne du monde soviétique

Tatyana Izvitkaya, a déjà franchi la barre à son premier essai d'une limpidité fantastique.

Troisième tentative donc. Isolda Kreuzer s'élance, s'enroule et heurte la barre de ses reins, qui semblent admettre leur incapacité à l'envelopper à cette hauteur où d'ailleurs ils ne se sont jamais élevés. Allongée sur le dos, Rose Dickinson ferme les yeux. Elle sait qu'elle a franchi la hauteur à l'entraînement mais jamais en compétition. Les jambes écartées, elle contracte et tapote ses cuisses afin d'entretenir son influx. Elle monte en motivation comme on monte en température. Elle se lève, trottine sur place, les yeux clos, les mains dessinent une trajectoire de saut. Elle arrange ses cheveux, tire sur ses chaussettes à fleurs, fonce en foulées magnifiques. Sur la piste d'élan, elle est d'une élégance rare. Elle offre son dos à la barre, la tête se renverse nettement au-dessus. Le dos se courbe. Ses jambes se relèvent in extremis. Mais un mollet râpe la barre qui hésite, tressaute, et tombe. Rose s'effondre sur le matelas.

Ute Bausch s'ébroue, se présente au sautoir, fait trois pas de côté, le long de la ligne, car elle persiste à sauter en ventral, un style qu'elle a poussé à un degré de perfection tel qu'elle ne peut le renier à l'apogée de sa carrière. Son classicisme nargue le temps, imprime sa marque. Elle lance le sprint, allonge brutalement la foulée, affronte le sautoir les yeux en face, agressive comme jadis les sauteuses de sa génération, s'arc-boute sur son pied gauche, s'élève de sa détente phénoménale qui assurait son règne naguère. Elle s'étend sur la barre pour s'enrouler autour, la frôle. Tous les muscles obéissent à l'accomplissement d'une gestuelle mille fois répétée.

Son genou, une fraction de seconde oublié, touche la barre qui vibre sur ses taquets pour saluer la crânerie de la championne, avant de tomber. L'Allemande dissimule son visage entre les mains, soudain seule.

Autant finir en beauté, pense alors Maria Magnani. Elle attend qu'Ute se relève et sorte du sautoir et, le visage sombre, presque douloureux, elle signale aux juges qu'elle garde son dernier essai pour la hauteur suivante.

Le panneau annonce 2 mètres, hauteur jamais franchie. Trois officiels en blazer fixent la barre, sans doute pensent-ils que cette hauteur mythique requiert un homme supplémentaire. Sur la pelouse, les athlètes suspendent leur échauffement, le départ du 800 mètres est différé par le starter. Les filles éliminées s'assemblent en demi-cercle. Maria s'avance face au sautoir, elle n'a qu'un essai. Elle se précipite, se présente trop vite à la barre, qu'elle gifle presque avec une maladresse inattendue, comme si elle espérait se sauver par la vitesse dans une fuite en avant, ou comme si elle pressentait que la démarcation restait mince entre l'engouement, la compassion et la réprobation que la foule peut lui témoigner pour avoir défié une barre hors de sa portée. D'un geste ample des bras, elle remercie le public qui l'applaudit chaleureusement ; elle lui envoie un baiser.

Tatyana se lève, retire son survêtement qu'elle plie sur le banc. Depuis un moment, elle s'applique à évacuer une crispation imprévue, à chasser de son esprit l'agitation qui s'est emparée du clan kirghize ces derniers jours. Elle évite de tourner la tête du côté du staff soviétique. Surtout ne pas accrocher le regard des hommes en costume beige, ne pas le lever en direction de la tribune officielle, où elle sait la présence de Leonid Brejnev entouré du Politburo et des maréchaux. Ce moment lui appartient, elle le partagera plus tard avec les siens. Elle observe la barre, la caresse des yeux, avec une envie gourmande de s'enrouler autour. Ni appréhension, ni nausée, inutile de mémoriser une dernière fois les enchaînements, son corps se souvient. Elle ressent son picotement familier dans le dos, la vibration du muscle au pli des fesses lorsqu'elle avance la jambe. Quand elle faisait de la gymnastique, son entraîneur lui apprenait à ressentir ces fourmillements avant de prendre son élan.

Les gradins se sont tus. Ce silence ! Jamais je n'aurais imaginé ça dans un stade, se dit Tatyana. Elle suppose depuis le matin que beaucoup l'examinent en pensant à Chabdan Orozbakov. Elle sait le silence ambigu, d'émotion et de suspicion partagées, peut-être d'encouragement ou de ressentiment. Derrière, fini les murmures. Tatyana tourne la tête vers les filles. La grande Rose Dickinson joint ses mains en signe de solidarité, Maria Magnani lui souffle un baiser de sa paume ouverte. Tatyana se sent heureuse d'être là. Elle sourit à la barre qui l'attend. Elle décide de prendre tous les risques au premier essai. Elle se déplace en arrière, un autre pas de côté, s'immobilise brièvement, son visage s'illumine. Elle gratouille le sol de la pointe du pied d'appel et s'élance. Jamais elle n'a connu pareille sensation de vitesse au sortir de sa course d'élan.

La suite, elle ne s'en souvient pas, sinon l'euphorique sentiment d'une élévation immatérielle, la sensation de ses mains inutiles dans l'air. Elle retombe sur le matelas, roule et s'enroule sur elle-même, s'étend sur le dos et laisse tomber ses bras en croix. Elle n'entend guère la formidable clameur, elle s'oublie dans le bleu au-dessus de sa tête. Un coup de pistolet lance le départ d'une course, qui la réveille. Deux mètres ! Une Kirghize championne, l'impression d'une chose surnaturelle l'effleure, elle rit et se relève d'un bond, voit les filles qui s'embrassent, les coachs qui se congratulent et la foule debout, qu'elle gratifie d'un geste sémaphorique du bras.

NOTRE TANYOUCHKA

La cérémonie de clôture à peine dissipée dans la nuit noire, Tatyana se retira chez elle en ville. Sur la table, gerbes de fleurs et paquets cadeaux laissaient peu de place à sa médaille. La télévision inanimée dans la penderie, le téléphone tombé en panne, elle regardait la circulation du boulevard en attendant un signe du ciel pour renouer avec le monde. La vision de Chabdan Orozbakov ne cessait de surgir. Elle le vit sur le podium, d'une sérénité irréelle, le drapeau kirghize si menu dans sa main, son dernier regard, le bruit de ses pas. Elle s'étonna de n'avoir jamais perçu les moindres prémices de son geste auparavant. Le couloir de la résidence olympique dans lequel il avait disparu entre les agents du KGB ranima de manière inattendue les récits du train à travers les steppes du Kazakhstan racontés par ses parents.

L'été se poursuivit, chaud. Les défilés d'athlètes, les cohortes de touristes et de journalistes avaient quitté Moscou, emportant leur exotisme. Les Moscovites se réappropriaient les rues, d'abord pour observer les magasins vides. Ils se répandaient dans les parcs, se retrouvaient aux baignades de la Moskova pour goûter enfin aux joies des buvettes. À l'ombre des fidèles bouleaux, on étala les nappes comme l'année d'avant. Les babouchkas sortirent les poissons séchés, les *chachlik* et les glacières à bière ; les hommes caressèrent avec soulagement les bouteilles de vodka avant de les déboucher.

Un soir, une Volga noire attendit Tatyana en bas de chez elle pour l'emmener au Kremlin. Ils roulèrent dans les rues avec une lenteur qui lui permit d'observer les signes amicaux des passants. Le soleil couchant embrasait les coupoles dorées lorsqu'ils rejoignirent un cortège de Volga et même de Zil aux pneus blancs pour franchir les portes.

Le Praesidium du Soviet suprême honorait au Grand Palais les quatre-vingts champions olympiques qui entrèrent en traversant un hall couvert de marbre rose, illuminé de mille bougies. Tatyana ne fut pas la seule à esquisser des glissades de patineuse sur le parquet. Ils poursuivirent regroupés, les champions derrière leurs entraîneurs, suivis des apparatchiks et d'agents du KGB vêtus en noir pour l'occasion. Des battants incrustés d'or s'ouvrirent sur une salle ornementée de blasons. « Le salon Georgievsky », s'écria un camarade majordome. Ils pénétrèrent sous une enfilade de chandeliers qui déployaient un jeu d'ombre et de lumière contre les murs où étaient gravés en lettres d'or les noms des glorieux régiments de l'ordre Saint-Georges, lisait-on.

De nombreux invités se tenaient déjà là en petites assemblées. Les musiciens jouaient des ballades russes, les serveurs proposaient du jus de myrtille, du vin blanc caucasien et de la vodka. La première personne que reconnut Tatyana fut Natalia Lougovskaïa. Un soir, lors d'un stage olympique, l'équipe avait été conviée au Bolchoï, où la Lougovskaïa sublimait *Roméo et Juliette*. Les filles avaient été invitées dans sa loge et Tatyana en était sortie le cœur chaviré. De près, ses yeux à peine soulignés brillaient de plus de tristesse, elle lui adressa un gentil signe de la main. Il y avait aussi la Nedogonova, dont le chignon et le collier de perles accentuaient la majesté. Pas loin, Galina Bounimovitcha dans une robe longue vermillon aimantait un cercle d'admirateurs qui lui racontaient des blagues tchouktches.

Une athlète désigna un homme du doigt à Tatyana :

— Oleg Soloviev.

— Tu es sûre ? Il a une bouille de paysan.

— Sûre et certaine, les acteurs picolent beaucoup plus que nous.

— Nous, on se rattrape après.

Autour déambulaient, en uniforme de gala de l'Armée rouge, officiers aviateurs, marins, tankistes. On reconnaissait des vétérans rougeauds du siège de Stalingrad et des héros bronzés revenus depuis peu de la bataille de Kandahar. À l'écart, moins altiers que les autres militaires, parce que infiniment plus célèbres, la famille des cosmonautes, dont les célèbres époux de l'espace, Valentina Terechkova et Andrian Nikolaïev, discutait le bout de gras.

Un monsieur âgé, remarqué pour sa longue chevelure blanche, s'avança vers Tatyana. Sa cravate exhibait une faucille et un marteau, il portait une chemise jaune élimée, des chaussures à grosses semelles :

— Camarade Tatyana, je veux te féliciter. Je suis Ivan

Essenine. J'ai remporté deux médailles d'or en saut en hauteur aux Spartakiades. Avant la guerre contre les nazis, on n'allait pas encore aux Jeux olympiques. Le jour de la cérémonie les peuples frères défilaient en chantant sur la place Rouge, on brandissait un drapeau rouge par rangée. J'ai quand même reçu une Lada, d'occasion bien sûr. Et la médaille de l'Amitié entre les Peuples. Il montra un cordon sur sa poitrine. À l'époque, on sautait en ventral, il en fallait dans les guiboles pour passer plus de 2 mètres, ce n'était pas comme vos galipettes de cirque. On se dopait au jus de cornichon.

— Trempé de vodka ?

Il lui baisa la main, lui offrit le bras pour l'emmener au buffet. Ils trinquèrent, elle lui promit une danse.

Le brouhaha cessa, les portes s'ouvrirent. Le visage de Leonid Brejnev apparut au premier rang d'un groupe compact de dignitaires, accompagnés en retrait de leurs épouses. Il marqua un temps d'arrêt pour poser un regard lointain sur les gens et s'avança dans la salle. Tous calquaient leur pas sur la lente démarche d'automate du président qui n'en finissait pas d'approcher. En premier, on lui présenta le gymnaste Aleksandr Kalinin, fier de ses trois médailles d'or, puis Polina Shakhlina, qui à elle seule avait vaincu trois Allemandes de l'Est en finale du 100 mètres.

Quel visage ! Lorsque ce fut son tour d'approcher le président suprême, Tatyana ne put retenir une hésitation, saisie par la rigidité de ses traits bouffis, violacés, malgré un épais poudrage, presque gênée par la maladresse de son embrassade. Les yeux humides, les sourcils touffus comme noircis au charbon, il ne disait rien, se contentait de dévisager chaque champion d'un interminable regard qui se voulait certainement socialiste, attentif, paternel et d'une durée égale pour tous. C'est son épouse Viktoria Petrovna Brejneva qui prononçait des compliments. Elle posait des questions à la bonne franquette, puis le Secrétaire général, Alexis Kossyguine, épinglait les médailles de l'Ordre de Lénine.

Le maréchal Dimitri Ustinov, surnommé Tête rouge par Staline durant le siège de Leningrad, s'avança d'un pas, et sa voix de baryton résonna :

— Aujourd'hui, dans cette salle, sont réunis nos champions et championnes qui par leur talent, leur travail et leur fidélité au peuple ont livré une formidable bataille pour l'amitié des peuples du monde entier. On les a admirés, bravo.

Les dignitaires firent un impeccable demi-tour pour disparaître à petits pas. On apporta des plateaux de charcuterie, des bouteilles, des corbeilles de bananes et des cigarettes américaines. Un jeune homme blond tendit les bras à Tatyana :

— J'étais au stade Lénine, Tatyana Izvitkaya. J'ai pleuré quand je t'ai vue franchir la hauteur. Nous avons pleuré. Tu as été merveilleuse, comme tu l'es ce soir. Quel beau sourire ! Je m'appelle Mikhaïl. M'accordes-tu cette valse ?

Il sentait un parfum à la lavande d'Occident, portait une pochette en soie. C'était le pianiste virtuose Mikhaïl Skibine, il dansait comme il jouait, buvait comme il dansait.

Une gueule de bois accompagna Tatyana de bon matin au ministère des Sports. Le vice-ministre l'invita à s'asseoir sur le canapé, servit lui-même le thé, se réjouissant de ces Jeux décisifs pour la paix. Après qu'il eut feuilleté un dossier, il hocha la tête pour annoncer à Tatyana l'attribution d'un appartement individuel sur le Leningradsky Prospekt et une augmentation de son allocation d'athlète modèle à l'échelon A.

— Camarade Tatyana. D'autres épreuves t'attendent, plus périlleuses, excitantes. Où pars-tu en vacances ? Sotchi ? Atkar, tu connais ? Le ministère dispose d'un village splendide là-bas. J'y vais chaque année avec mon épouse. Installations modernes, thermes, restaurants italiens, on trouve tout dans les magasins spéciaux, même du café arabica. Nos champions sont les bienvenus. Ils ne s'ennuient pas, je t'assure.

— Non, chez moi, à Kochkor. Rendre visite à mes parents.

— Hum, Kirghizistan, quel désordre. Tu es attachée à ta région, ça t'honore. Est-ce raisonnable en cette période ? Trop de délinquance à la solde de conspirateurs capitalistes. Et des révisionnistes chinois encore plus pervers. Pas d'imprudence, Tatyana. Tu n'as jamais demandé ton adhésion au Parti, y songes-tu ? Bon, tu dois te reposer, maintenant.

À la gare routière de Bichkek, encore enveloppée dans une brume nocturne, Tatyana grimpa dans un autobus de montagne, un foulard de paysanne noué sur la tête. Le jour se leva alors qu'elle traversait un désert gris. Au loin apparaissaient des palmiers rabougris et, derrière, en creux, on pouvait deviner le lit de la Chuy qui trace pendant des heures la frontière avec le Kazakhstan. Tatyana se réjouissait à l'idée de la retrouver à trois reprises plus loin sur la route, de plus en plus agitée et brune, d'abord à Tokmok au bout de cette plaine, puis dans la montagne près de Balakchy, là où travaillait son père, avant de la revoir, torrentueuse et changeante, à l'entrée de Kochkor.

Une rondelle de soleil surgit derrière la crête des montagnes. Apparurent les premières hardes de chevaux encore endormis les uns contre les autres attendant un peu de chaleur du jour pour gambader. Elle enleva son foulard, sa voisine s'écria « C'est Tatyana ! », les autres passagers se précipitèrent dans l'allée pour s'agglutiner autour d'elle et, pendant que le chauffeur attaquait les courbes qui montent vers le lac Issyk Kul, ils ne cessèrent de lui faire raconter les Jeux, la gaver de bonbons et de biscuits. Au passage des premières maisons de Kochkor, le chauffeur appuya à fond sur son klaxon, les passagers criant par les fenêtres : « On ramène Tanyouchka, notre championne ! »

À la descente du bus, Tatyana s'esquiva derrière le bazar. Sur les bords de la route en terre, elle s'attarda à vérifier que les pierres saillantes étaient bien telles qu'elles avaient toujours été. Se glissant à travers un pan de grillage tordu, elle coupa par le jardin du Musée régional, longea des statues. Derrière une palissade, un cheval entravé clopinait, un couple dormait sur un banc, elle s'enfonça dans un bois. Il ne manquait ni les marquages de peinture blanche en bas des troncs, ni les pelades terreuses dans l'herbe. Elle lut les nouveaux graffitis amoureux et blagues antirusses, retrouva les carcasses de bancs et les rayons du soleil à travers les branches comme elle les avait laissés.

Devant la première maison de la rue, repeinte en bleu turquoise, des gamins interrompirent leur partie de ballon. Avant de se diriger chez ses parents, Tatyana poursuivit au-delà des dernières habitations, au bord d'une prairie qui s'étendait jusqu'au pied de la chaîne de montagnes, une moitié déjà à l'ombre, l'autre encore sous l'éclairage du soleil qui dorait les cimes à peine enneigées. Que c'est pur. Elle étendit ses bras sans savoir pourquoi, s'immobilisa pour observer le bleu du ciel, nulle part aussi beau qu'ici à cette heure de l'été.

Le grincement des gonds la ravit, elle ouvrit le portail en douceur pour surprendre sa mère en train de biner son potager au fond du jardin. Dans l'enclos, les brebis ne lui prêtèrent guère attention, au contraire du chien, aussitôt sur ses pattes, qui flaira la bonne surprise et se trémoussa en vieil ami de la famille. Sa mère poussa un cri, s'essuya les mains sur son tablier, dénoua le foulard qui protégeait ses cheveux noirs et lisses autour de son visage, pareils à ceux de sa fille.

Elle la fit tourner sur elle-même :

— Tanya, comment tu as pu maigrir autant. C'est donc une telle pénurie à Moscou qu'ils ne peuvent te nourrir ? Ou les exagérations de ton saut en hauteur ? Ton père, tu vas voir comme il est fier, ça l'a redressé.

Tatyana fit tourner sa mère à son tour :

— Toi, toujours aussi alerte, mais tu ne serais pas un peu fatiguée ? Un dur été ? Les jours doivent être longs au kolkhoze.

— Tu connais les brebis, elles mettent bas jour et nuit. Rien à redire, c'est la saison. Viens, on va boire du thé.

Le samovar fumait. Elles commencèrent par se chamailler au sujet de la vie à Moscou, la mère prédit des malheurs :

— C'est une ville de Russes et de communistes, les deux fléaux des Kirghizes.

Elle assourdit sa voix tel un oracle :

— Ils vont te remplir les poches de médailles d'or, et toutes te les reprendre quand ils t'auront mangé la santé. Ces derniers temps, on voit des hommes du KGB qui rôdent jusque par chez nous. Dans la rue, là, ils savent bien qui tu es.

— Une Koryo-saram, je n'oublie pas. Mais je saute plus haut qu'eux.

Sa mère rit, Tatyana raconta ses valses au Kremlin dans les bras du pianiste Mikhaïl Skibine.

— On t'a prêté une robe de bal ?

— Non, plus courte, j'ai voulu montrer mes jambes, une occasion pareille, tu imagines ?

— Un pianiste, c'est comment ? Il doit se prendre pour un saint, avec ses mains. Et danser avec une montagnarde comme toi ! Il a dû s'amuser.

— Il est un tsar du piano pour ceux qui écoutent cette musique, mais très gentil. Et je ne suis plus une montagnarde. Il ne s'amusait pas comme tu le crois.

— Nous sommes si heureux, tu ne peux imaginer la fête le jour de ton titre, on a chanté, dansé jusqu'à l'heure de la traite. Le commissaire du kolkhoze m'a fait tourner en polka. Tu sais comment sont les Lituaniens.

Des voisins poussèrent le portail, les bras chargés de paniers. Bientôt l'herbe fut couverte de coupelles de biscuits, d'assiettes de ravioles, une odeur de beignets de mouton grillé imprégna l'air frais, on déboucha des jerricans de koumis et de vodka. On en était encore à parler des Jeux olympiques lorsque son père arriva d'une démarche droite, sa sacoche en bandoulière, son chapeau de feutre penché de côté. Il s'assit près de Tatyana, hocha la tête d'un air réjoui, se frotta les mains et vida un verre. Elle fut soulagée de retrouver la drôlerie d'autrefois sur son visage. Il mangea puis se leva pour porter un toast à sa fille.

Tout le monde acclama, en redemanda et tendit son verre vers le ciel étoilé, chacun son tour trinqua à la santé de la gamine casse-cou du kolkhoze, à sa médaille d'or, aux montagnes kirghizes qui protègent leur peuple des calamités que l'on connaît. Aux pâturages qui nourrissent les moutons, aux pouliches de printemps qui s'annoncent fringantes, aux jeunes filles que l'on mariera.

Ce boucan attira d'autres voisins dans la nuit. Ils s'annoncèrent en criant depuis la rue. On attendit que le père porte le traditionnel toast aux disparus, ce qu'il fit en finesse, sans mots susceptibles d'embarrasser certains de ses hôtes. Il leva son verre aux hommes forts, aux femmes audacieuses, ensuite au souvenir de Manas, sans préciser lequel, le cavalier de l'Épopée ou le Chabdan haltérophile. Chacun sur l'herbe, à sa manière, pensa aux deux.

À l'aube, Tatyana accompagna son père sur le chemin. Dans le bois, assis sur la carcasse d'un banc, ils parlèrent et rirent un long moment sur le ton de ceux qui complotent, puis ils reprirent leur marche jusqu'à l'arrêt de l'autobus des chantiers de Balakchy, dans lequel elle monta derrière lui.

— Tu veux vraiment venir ?

— Oui, oui. Ton camarade directeur est un Moscovite. Je les connais, c'est moi qui vais lui expliquer.

Aussi loin que les mémoires pouvaient remonter, malgré les vicissitudes de l'époque soviétique, la foire aux moutons de Kochkor s'était toujours tenue à la sortie de la ville, en contrebas d'un pont sur un pré au bord de la Chuy, où les garçons puisaient l'eau des abreuvements. Chaque samedi, les bêtes descendues par milliers des montagnes pendant la nuit attendaient de connaître leur destin dans des corrals délimités par des cordages, au milieu d'une foule d'éleveurs, de négociants montés de Naryn, Bichkek, même d'Almaty au Kazakhstan et, depuis peu, de la Chine voisine, auxquels se joignaient des habitués de la grande rue venus aux nouvelles. C'est là que Tatyana et son père prospectèrent d'abord.

Son père examinait les narines, les souillures anales, tâtait les pattes, vérifiait les testicules des béliers et les mamelles des brebis puis, coiffé de son chapeau pointu orné de liserés noirs, il discutait d'une voix qui se voulait hésitante. Un vrai margoulin ! Tatyana s'amusait de découvrir le maquignon qu'il aurait été en une autre ère. À l'écart, près de l'eau, elle faisait des ricochets avec des gamins en attendant, mais les éleveurs la connaissaient, ils flairaient les roubles que ses médailles devaient rapporter. Des disputes s'ensuivaient. Quand ils s'accordaient enfin sur un lot, son père insistait auprès de sa fille :

— Tu es sûre ? À Moscou…

— Ne t'inquiète pas.

Ensuite, plus en altitude, ils explorèrent les foires des villages d'Ouzgen, d'Uzunbulak, quittèrent les vallées pour s'aventurer jusqu'à des pâturages isolés à la recherche de béliers vigoureux. Le troupeau s'agrandissait chaque fois de dizaines de bêtes à épais lainage que les mômes gardaient sur la prairie près de la maison. Un ancien berger du kolkhoze fut embauché pour les emmener dans la montagne car, même si l'été allait décliner, il restait encore de bonnes semaines d'herbe fraîche avant les neiges.

Une nuit, ils prirent un copieux repas, portèrent plus de toasts que d'habitude, au bétail et au saut en hauteur. Deux chevaux du kolkhoze, que la cellule du Parti offrait aux parents en hommage à l'éducation modèle donnée à Tatyana, mâchonnaient leur avoine attachés au portail. Non sans quelques tentatives infructueuses, le père grimpa très droit sur le cheval noir, coiffé de son chapeau pointu ; le vieux berger, sa médaille de la Bannière rouge épinglée sur une chapka militaire qui datait de la guerre, monta le bai.

Ils sortirent de la bourgade endormie, poussant le troupeau dont les bêlements flottaient dans l'obscurité. Les planches d'un pont bringuebalèrent sous la multitude des sabots. Tatyana et sa mère les accompagnèrent jusqu'aux lueurs de l'aube, bavardant aux côtés des deux cavaliers pensifs, puis, à la lisière de la forêt, elles les regardèrent disparaître.

SUR LE QUAI DE VLADIVOSTOK

Un vent d'hiver venu de l'océan soufflait sur Vladivostok. Sur l'immense place Bortsov Revolyoutsii, les tourbillons d'une neige drue aveuglaient l'air avant de couvrir de blanc la foule immense qui bivouaquait depuis plusieurs jours. Les familles se pressaient autour de braseros pour tenter de se réchauffer, ou se réfugiaient sous des abris improvisés à l'aide de couvertures et de ficelles tendues en toiture, emmitouflées dans leurs bonnets et leurs manteaux. Ils étaient plus de deux cent mille, certains pensent trois cent, que le 1er régiment des fusiliers motorisés du NKVD avait ratissés dans leurs quartiers et leurs villages en périphérie, maison après maison, immeuble après immeuble : toute la population coréenne venue au XIXe siècle bâtir le port et défricher la taïga vierge de l'extrême Est sibérien.

On les appelait les Koryo-sarams, l'Armée rouge les déportait chez leurs frères de couleur dans les plaines marécageuses du Kazakhstan, en bordure du désert turkmène et dans les montagnes du Kirghizistan, sur décret du commissaire au Déplacement des Peuples. Cette année 1937, la guerre sino-japonaise sur l'autre rive de l'Amour inquiétait les généraux du Kremlin et, en pleine *ejovchtinia*, du nom de Nikolaï Ejov, le patron cinglé du NKVD de l'époque, le Parti suspectait la communauté coréenne d'abriter des espions japonais.

Chaque matin, un train vide s'immobilisait sur le quai de la gare sans que la locomotive aux bielles rutilantes, dont la proue était décorée d'une superbe étoile rouge, ne cesse de cracher sa fumée. Aussitôt, sur la place, exhortations et sifflets des militaires scandaient les mouvements de la foule. Les cordons de fusiliers drainaient les premiers rangs des familles les plus proches de la gare vers des tables dressées le long des portes. On les y enregistrait et les poussait jusqu'au quai, où d'autres soldats les entassaient wagon après wagon jusqu'au remplissage du dernier. Le train partait sur un interminable sifflet qui se consumait à la sortie de la ville, le soir un convoi vide approchait, à nouveau reprenaient les cris et bousculades et sifflets.

À dix ans, on conserve des images vives de ces moments-là. Saejin se souvenait de ce train, si long qu'on n'en voyait pas l'extrémité dans les flocons de neige de cette journée passée à attendre le remplissage de tous les wagons, et des sifflets continus de la locomotive. Puis les grincements de l'ébranlement du convoi dans la nuit d'un blanc cotonneux.

Toute son enfance, depuis la maison de pêcheur de ses parents sur une colline de Vladivostok, Saejin a contemplé les navires longs et gris de la marine sur la mer, l'écume des vagues couleur d'acier et les pluies de tempête sur l'immensité sombre. Par un interstice de planches abîmées, elle découvre maintenant l'étendue de neige tachée d'arbustes et de lichen. Les forêts de bouleaux défilent. Les ombres grises s'étendent dans les ténèbres jusqu'à la blancheur de l'aube. Des volutes de fumée s'élèvent au-dessus de maisons en rondins. Elle sursaute chaque fois qu'elle aperçoit des troupeaux de rennes migrant en infinis cordons sombres dans la toundra blanche. Les rivières prises dans la glace brillent par éclats sous le soleil éphémère de la mi-journée.

Dans le wagon, les gens trop entassés pour dormir somnolent jour et nuit, secoués, marmonnant, trop las ou trop découragés pour penser à ce qui les attend à destination. Saejin rêvasse. Elle s'évertue à repérer dans la blancheur du paysage les rennes qui avancent et parfois des meutes qui suivent en bonds. Des loups, j'en suis sûre, ce sont des loups, dit-elle sans pouvoir partager sa découverte. Le jour, la toundra semble plus déserte à Saejin, inquiétante à la vue de colonies de corbeaux noirs posés sur l'étendue de neige. La nuit, elle parvient à imaginer des ombres plus animées et complices.

Parfois le train stoppe dans un grincement strident de ferraille au milieu de la plaine. Les passagers vont et viennent le long du ballast sous la surveillance des fusils, ou vont s'accroupir à quelques mètres des rails et se nettoyer avec la neige. On débarque les morts, on les déleste de leurs vêtements chauds – sauf la tête pour ne pas perturber l'envol de l'âme, avant de les enfouir selon les rites dans la neige.

Les militaires tirent des coups de feu en l'air, chacun remonte dans son wagon, la locomotive siffle le départ, elle insiste, dominatrice, bien après la fermeture des portes. À Khabarovsk, le convoi fait halte face à un cordon militaire. Des babouchkas proposent des oignons, des pains, des cornichons. On échange à la va-vite un foulard contre une saucisse ou une bouteille. Parfois le ciel se colore d'étranges couleurs roses, pourpres, argentées, qui rompent la monotonie blanchâtre. À Nertchinsk, on charge du bois en pleine nuit, à Irkoutsk la tempête empêche de voir quoi que ce soit.

Les wagons empuantis d'excréments sont évacués sur le quai de Novossibirsk où, baluchons à leurs pieds, leurs passagers les voient repartir chercher un nouveau chargement, avant d'être poussés sur les quais d'à côté pour remonter dans les wagons de marchandises d'autres trains grinçants. On aperçoit des nuages de fumée surplombant de gigantesques complexes industriels, puis le néant blanc. Plus de villes ni de villages, seulement quelques rares cheminées, des campements dans l'immensité gelée. Le désert apparaît minéral, seulement animé par des monticules de sapins ou des caravanes de chameaux barbus, couverts de longs poils pendouillant jusqu'au sol, qui fascinent Saejin.

À Almaty, les passagers dans les wagons sans toit arrivent morts. Les autres quittent le train pour un baraquement. Ils attendent debout que des fonctionnaires leur soumettent des questionnaires, prennent de nouvelles empreintes de leurs doigts gelés, pendant que des camions chauffent les moteurs pour les emmener vers les montagnes.

Saejin et Mômoun, les parents de Tatyana, aiment à raconter qu'ils ont ressenti un coup de foudre réciproque, gamins, dans une benne. Plausible puisque leurs familles furent embarquées à Almaty dans l'un des camions à destination de Kochkor. Les camions toussaient au sommet des cols, leurs pots crachaient un échappement noir de moteurs pulmonaires dans la froidure pinçante. Autour, à travers le brouillard, des massifs montagneux tentaient d'impressionner les voyageurs qui, tapis sous des couvertures militaires, se redressèrent au spectacle d'un lac de glace luisant à l'infini. Les véhicules dépassèrent la bourgade de Kochkor, stoppèrent entre des congères au bord d'un terrain à peine déneigé dans la prairie où de longues baraques bien en ligne les attendaient, dominées par les deux étages d'un bâtiment en brique encore inachevé, et qu'entouraient des piles de planches.

Le 12e de la Cavalerie rouge : ainsi s'appelait ce nouveau kolkhoze de peuplement koryo-saram. Les bêtes n'allaient être amenées qu'au printemps, les champs défrichés après le dégel. En attendant, on scia et cloua les planches pour construire des bergeries et une laiterie, des silos furent élevés et des fosses creusées.

En contrebas sur la route, un cantonnement de maisonnettes restait à l'abandon depuis la déportation vers les terres vierges du Karaganda de familles tadjikes qui avaient été suspectées de tendances mercantiles et nomades, antagoniques au progrès. Bien que situées hors du périmètre du kolkhoze, les familles koryo-sarams avec enfants furent autorisées à s'y installer, dont celles de Saejin et de Mômoun. On calfeutra les fenêtres à l'aide de papiers huilés, ramona les cheminées, Mômoun partit à la chasse aux brebis errantes dans les bois, il revint même un soir en tirant un chameau. Dans la foulée on ouvrit une école pour enseigner le russe, l'avenir de l'homme nouveau et l'histoire bolchevique.

C'était le premier jour de l'été 1941, quatre ans plus tard. On travaillait tard à faner dans les champs, personne n'écoutait la radio délaissée sous un arbre. Les troupes de la Wehrmacht envahissaient l'Union soviétique à l'ouest, de la mer Noire à la mer Baltique. « Les soldats ! » cria en courant le lendemain matin un gamin du kolkhoze. Tout le monde sortit, les fusiliers d'un régiment de l'Armée rouge se glissant entre les baraquements pour en ouvrir les portes. Debout sur le capot d'une jeep, un officier lut une déclaration. Des camions se succédèrent pour embarquer les hommes, jusqu'au dernier, envoyés au plus vite au-devant des troupes allemandes pour creuser des tranchées, ériger des barrières de piques, et les ralentir. À peine les derniers hommes furent-ils partis que toutes les femmes les suivirent dans les mêmes camions.

Ainsi disparurent les pères puis les mères de Saejin et Mômoun qui, tous deux, avec leurs camarades de classe, abandonnèrent l'école, qui ferma. Leur âge leur évita un départ pour une usine d'armement, ils se retrouvèrent à la bergerie du kolkhoze, Saejin apprit les travaux de laitage, Mômoun se mit à tondre les brebis et tirer les tombereaux de fumier sur le tracteur, comme le faisaient leurs parents emmenés à la guerre. Après le repas du soir, ils se retrouvaient seuls derrière les baraques. Ils s'aimèrent ainsi, la nuit tombée, dans les prés. À la fin de la guerre, un chantier naval de Balakchy réquisitionna

Mômoun après adoption d'un plan quinquennal. Au bout de cinq ans et un jour, devenu jeune homme, il obtint un billet de retour pour Kochkor.

Le soir de leur mariage, dans la cantine du kolkhoze enguirlandée, fleurant de plus en plus fort la vodka, on mangea du chou fermenté et des salades de carottes au piment et on prit des photos du bal. Trois printemps plus tard, Joseph Staline mourait en grande pompe dans sa datcha Kountsevo, puis, plus discrètement, d'une balle dans la nuque, Lavrenti Beria, le maréchal du NKVD. Aussitôt, les agents du NKVD se repliaient derrière leurs dossiers, les tanks regagnaient leur caserne, peu à peu le Politburo levait les interdictions de déplacement imposées aux peuples déportés. Les Koryo-sarams purent voyager sans sauf-conduit jusqu'à Bichkek, leur capitale, en République socialiste du Kirghizistan. Le destin de Tatyana s'en trouva bouleversé car, à l'âge de dix ans, elle fut encouragée à prendre le bus un matin pour rejoindre la section de gymnastique du Dinamo Bichkek.

Elle avait commencé la gymnastique deux ans plus tôt à Kochkor, à l'Institut des sports féminins flambant neuf, ouvert par la municipalité lors d'une campagne appelée « Vive l'intégration des filles des Petits Peuples aux programmes d'éducation sportive ». C'était l'automne suivant les Jeux olympiques de Tokyo, en 1964, l'Union soviétique venait de rétrocéder aux États-Unis la première place au tableau des médailles. La débâcle coûta leur siège à dix-huit élus du Comité central et congestionna le Politburo qui décréta que l'honneur du peuple soviétique exigeait l'engagement de beaucoup plus d'athlètes, et en priorité une intense sensibilisation des filles étendue, par-delà les grandes villes, aux lointaines républiques d'Asie.

À la sortie de la première séance d'entraînement, Tatyana se mit à galoper dans la rue en chantant sans retenue. Le sentiment de liberté absolue qui la submergea lui parut si étrange qu'elle renonça à tenter de le partager. Elle se contenta de livrer tout son être aux agrès, chaque jour, à la sortie de l'école. Le samedi, Saejin et Mômoun Alymkul s'asseyaient sur un tapis de sol au fond de la salle pour admirer leur fille tourbillonner sur la poutre. Amusés, ils commentaient des saltos qu'ils n'auraient imaginés possibles. Au bout de deux ans, des prospecteurs du ministère des Sports en tournée à Kochkor repérèrent chez Tatyana ce qu'ils appelèrent en jargon « une exceptionnelle flottabilité aérienne ». Son aptitude à assimiler un geste en l'air la distinguait autant que ses improvisations dans les moments critiques, apanage de qui repousse naturellement ses limites.

Le directeur du kolkhoze organisa une réunion. Les prospecteurs exposèrent aux parents de Tatyana les exigences du prestigieux Dinamo Bichkek. Au buffet qui suivit, le directeur félicita chaleureusement la fille pour ses talents, il exprima la fierté du kolkhoze. Débouchant des bouteilles de vodka distillées au kolkhoze, on porta des toasts aux victoires futures de Tatyana.

Les bâtiments du Dinamo, gris de béton nu, jouxtaient le stade. Les deux parents laissèrent leur fille à la porte du dortoir, aux mains de la directrice. Le spleen de Tatyana au milieu de gamines inconnues qui la regardaient avec froideur ne dura que le premier soir. Elle rangea sa valise sous son lit, se tourna contre le mur à l'extinction des feux et pleura sa chambre couverte de tapis rouge et jaune de Kochkor. Elle s'endormit avant d'avoir le temps d'imaginer que ses parents aient pu l'abandonner dans un univers hostile. À la sonnerie du réveil, elle sauta au bas de son lit aussi prestement que ses camarades, qu'elle suivit dans le couloir. « Qu'elle est jolie, notre petite nouvelle ! Suis-moi. » Une imposante magasinière coiffée de nattes blondes la prit par la main pour l'emmener au magasin. Elle lui tendit un trousseau composé d'un survêtement rouge floqué CCCP, des justaucorps de gymnaste, des chaussons et des bandages pour poignets et chevilles, et elle lui colla d'affectueux baisers jusqu'à la voir rire. S'étant préparée à la brutalité du premier entraînement grâce aux confidences de la magasinière, elle se moqua toute la journée des gloussements des filles, se blinda contre les regards ironiques et, paradoxalement, elle eut l'intuition enfantine que ce monde nouveau ne lui serait pas longtemps hostile.

Ce que l'entourage de Tatyana considéra comme une malédiction kirghize survint la troisième année. Elle se frottait déjà à l'élite. Championne junior du Kirghizistan à la poutre, elle rafla les titres aux barres asymétriques aux Jeux de l'Amitié, à Brno, en Tchécoslovaquie. Elle acceptait le harassement douloureux de certaines séances et avalait les exercices sans penser à tricher. Son naturel à rendre la tension positive permettait des espoirs sans limite. Il lui suffisait de rêver pour surmonter les peurs, d'être en mouvement pour oublier les paroles humiliantes qui ponctuaient chaque ratage.

Mais ces mois défilèrent à si folle allure qu'elle ne se vit pas grandir. À quinze ans, elle dépassait de six centimètres la championne olympique, et d'au moins douze ou treize les prodigieuses poupées roumaines. Sa taille sortit des normes proposées par l'Académie des sciences sportives.

Les parents se présentèrent à l'entrée du dortoir au moment où les filles se rendaient au gymnase de leur pas traînant d'apprenties championnes. Tatyana attendait, assise sur son lit. Mômoun attrapa son sac. De la porte du Dinamo au parc Panfilov, il n'y avait qu'une avenue à traverser, les chênes tendaient leurs branches majestueuses, la journée se voulait lumineuse. Arbitrés par leur fille, Saejin et Mômoun se lancèrent aussitôt un défi au ping-pong, bien qu'ils n'y aient pas joué depuis Vladivostok.

Ensuite, la statue de Manas portant son cheval sur l'épaule fut saluée comme il se devait. Toujours inquiète du silence, Saejin commentait tout ce qu'elle voyait. Ils traversèrent la place Ala Too au milieu des badauds, mangèrent des glaces, Mômoun se moqua de la nouvelle maîtresse du nouveau secrétaire général du kolkhoze, ils parlèrent des trayeuses tchécoslovaques qui venaient d'arriver à la laiterie. Ils musardèrent sur la place, imitant la foule aveuglée par le soleil sur les marbres clairs, puis ils longèrent le palais blanc du Comité central.

Comme ils ne trouvaient plus où aller, ils se dirigèrent vers leur Chuy, qu'ils trouvèrent souillée, selon le mot de Saejin, la remontèrent tranquillement, bercés par les remous de l'eau, jusqu'à Osh, le bazar asiatique. Alerté par une odeur familière, Mômoun fila tout droit vers un café de la gare routière pour y vider quelques verres de vodka, les deux femmes s'en allèrent dans les allées faire le plein de tissus et de mercerie.

Le crépuscule rosissait les montagnes à l'horizon quand ils montèrent dans le dernier autobus, qui eut la délicatesse de tomber deux fois en panne pour rendre Tatyana à Kochkor dans l'incognito de la nuit.

LA DÉPORTATION DES DENISSOV

Viktor Denissov fut supprimé à l'automne 1945, à Vienne. On ne sait toujours rien aujourd'hui de plus précis sur sa mort : par qui, pour qui, comment ? Personne de part et d'autre du front de l'Est n'a cherché de réponses à ces questions. Sauf son épouse Irina, quelque temps, avant de comprendre qu'elle n'en trouverait jamais.

Tout débutait en 1943 à Norilsk, au-delà du cercle polaire, où Viktor Denissov squattait un atelier. Ou plus tôt en 1941, à Saratov, une ville du bord de la Volga, fief de la dynastie des horlogers Denissov, fournisseurs des palais des tsars.

Fin août 1941, alors que les troupes allemandes s'approchaient à toute allure de la Volga, en route pour la conquête des rivages de la mer Caspienne, le Praesidium du Soviet suprême, soupçonnant une collusion linguistique des « frères de race », décrétait la déportation des populations allemandes des bords du fleuve vers la Sibérie arctique. Au camarade Lavrenti Beria la mission de réussir en une semaine cette déportation de trois cent soixante-sept mille personnes. Son ingénierie de la déportation fut à la hauteur de sa réputation. Neuf jours et neuf nuits, en gare de Saratov, des trains de marchandises se succédaient, le temps que s'entassent les familles arrêtées dans la nuit et massées au petit matin avec leurs baluchons. Parmi eux, les Denissov, qui, au bout d'un trajet de quatorze jours dans un wagon à grain couvert, à travers la taïga puis les forêts de bouleaux, furent débarqués vivants à Norilsk, ville minière du Grand Nord.

Sur le quai de la gare, la caisse d'instruments et de ressorts que Viktor avait dissimulée dans une couverture lui évita de suivre avec les autres le chemin du combinat de nickel. On l'installa avec sa famille dans un atelier d'horlogerie à l'abandon depuis la déportation de son propriétaire, juif à en croire une lampe de shabbat oubliée au plafond et quelques étoffes déchirées. Aussitôt son épouse Irina Denissova se mit à décaper les meubles de plusieurs années de poussière, lessiva à grande eau la vitrine, ramona la cheminée du poêle. Ensuite elle posa des rideaux afin de masquer le nuage crasseux des hauts-fourneaux. Viktor reprit son métier, méticuleux, assailli par les piles de montres en souffrance des apparatchiks, qui le rétribuaient en poisson séché et en bûches, jusqu'à ce que des agents du NKVD se présentent de nouveau, avant l'aube. Cette fois pour l'envoyer seul à Moscou.

On était au printemps 1944, opération Bagration. L'Armée rouge lançait contre la Wehrmacht une contre-offensive démentielle : deux millions d'hommes et des dizaines de milliers de chars et canons. Ragaillardie par la ferveur populaire, elle triomphait de batailles titanesques en Biélorussie qui dévastaient les divisions allemandes encore pétrifiées et affamées par l'hiver enduré sur les steppes ; mais l'indigence du Smersh, le contre-espionnage en zone ennemie, retardait sa progression vers Berlin.

Viktor fut sans doute recruté à cause d'une thèse écrite dans sa jeunesse sur la poésie de Goethe qu'il croyait oubliée de l'administration universitaire. À Moscou, on lui assigna une chambre dans un monastère, où l'attendaient des camarades envoyés par les partis communistes des quatre coins d'Europe. Cinq mois durant, il reçut une formation accélérée à l'Institut des relations internationales du Komintern qui formatait à la va-vite des essaims d'espions soviétiques.

Un matin, on le conduisit dans une caserne, un colonel lui expliqua sa mission. On lui tendit un sauf-conduit, un passeport, des lunettes de chimiste suisse et une valise de vêtements chics ; on l'autorisa à écrire à son épouse et sa fille, puis on l'accompagna le soir même à un train couchettes en partance pour l'Ouest. De gare en gare, il passa derrière les lignes allemandes, en Prusse, en Silésie et jusqu'en Autriche.

À Vienne, il s'invita aux tables des officiers allemands dans les salons de l'hôtel Sacher. Même s'il avait grandi dans une famille de germanophones, c'était la première fois qu'il rencontrait de véritables Allemands. Il se prit au jeu, fréquenta les cabarets à la mode ; sa désinvolture suisse et son érudition littéraire distrayaient les hiérarques nazis, en tout cas plaisaient à leurs épouses ; sa mémoire enregistrait les confidences qui filtraient des dernières nouvelles du front. Au département du contre-espionnage, on remarqua sa série de dépêches sur la stratégie de recul des troupes allemandes, observations plausiblement trop subtiles aux yeux d'un commissaire politique soupçonneux ; ou peut-être fut-il touché par la disgrâce de son colonel déporté en Sibérie. Sa valise et lui disparurent dans un hôtel près du Ring.

Fin avril 1945, les maréchaux Joukov et Koniev entrent dans les faubourgs nord et sud de Berlin, le Reich capitule le 2 mai. À Norilsk, après six mois de famine dans les ténèbres polaires, les entrepôts de vodka frelatée sont dévalisés. On boit nuit après nuit dans l'attente vaine des disparus. Un colonel se présente à moto à l'atelier pour annoncer la bonne nouvelle : Irina Denissova est autorisée à quitter la ville arctique. Sur le quai de la gare de Saratov, elle est accueillie par une petite foule d'inconnus aussi cérémonieux qu'épuisés. Personne de l'ancienne communauté allemande, pas un visage familier, elle ne lâche pas la main de sa fille derrière une fanfare de l'Armée rouge qui les conduit jusqu'à la porte de l'atelier familial, dont la vitrine est décorée avec des drapeaux rouges. Le Politburo de la ville honore Viktor Denissov d'une médaille posthume de Héros du Peuple. On boit de la vodka de marque, des babouchkas font circuler des assiettes d'anguilles fumées, un commando de l'infanterie marine, chaussé et ganté de blanc, tire une salve en l'air.

Le jour de cette cérémonie, sa fille Maïa est dans sa dixième année, peu après elle est envoyée à l'Académie des sports de Leningrad, une école supérieure réservée aux enfants des dignitaires du Parti. Quinze ans plus tard, elle en sort professeure agrégée en éducation du sport et de la culture physique. Cette année-là, 1964, aux Jeux olympiques de Rome, la délégation soviétique surpasse les États-Unis en nombre de médailles. La Pravda titre : « Rome : l'humanisme des Soviets remporte la bataille olympique. » Le Kremlin jubile, les Républiques décrètent un jour férié, le ministère des Sports lance un plan quinquennal.

À l'université, Maïa donna un cours, « Sciences et performances », qui arriva aux oreilles du Dinamo de Leningrad, puis à la Commission olympique. À l'occasion du vingtième anniversaire de la mort de son père, on la nomma maître des sports, détachée à la préparation de l'équipe soviétique des sauts.

Maïa hésita entre fierté et frustration car elle ne s'était jamais imaginée dans les sphères resplendissantes d'honneurs de la haute compétition. Peut-être parce qu'elle ne l'avait jamais pratiquée, plus certainement à cause de la présence fidèle et tourmentante bien que floue, dans ses rêves, de son père disparu ou parce qu'elle ne pouvait se défaire du souvenir des hivers polaires à se réchauffer le balai à la main dans l'atelier d'horlogerie pour permettre à sa mère de se reposer et de lire à la bougie près du poêle. Elle se coula néanmoins dans les us et coutumes de l'élite ; sa modestie rassura ; la variété de ses entraînements séduisit les athlètes, sa compréhension de leurs anxiétés intimes gagna leur confiance.

C'est ainsi qu'à l'été 1972, aux Jeux de Munich, un après-midi qui ne voulait finir, elle partagea l'humiliation des sauteuses soviétiques Antonina Bukharina et Galina Sturm, dont les sauts en ventral apparaissaient d'autant plus grotesques qu'ils avaient été travaillés à la perfection, face aux sauteuses occidentales déjà converties au Fosbury.

À la fenêtre de son appartement, Maïa regardait depuis un long moment un couple assis sur un banc dans la cour, quand elle arrêta enfin sa décision. Elle revint à sa table pour coucher sur son cahier d'une écriture soudain fluide la première phrase de son intervention, qui l'avait agitée toute la nuit ; elle souligna au crayon de couleur : « La technique ne fonde ni un style ni une idéologie, elle n'est qu'un procédé d'activité. Nous, les éducateurs, ne devons négliger aucune technique synonyme de progrès pour les athlètes du peuple soviétique. »

L'esprit libre, elle ne se préoccupa que de précision, décrivant au plus près le Fosbury en termes de synergie – né en Amérique impérialiste, certes, comme la lumière électrique et la moissonneuse, après tout –, saut qui changea notre compréhension de la propulsion dans les airs. Elle fit preuve de pragmatisme pour présenter les atouts physiques d'un saut qu'elle n'avait fait qu'observer au bord du sautoir. « Je le sens, ça va être un grand jour », répéta-t-elle trois fois en avalant cul sec trois gorgées de vodka au goulot, avant d'enrouler ses croquis. Elle ne prit pas la peine de revêtir sa tenue d'entraîneur, persuadée de se rendre en terrain confraternel.

Il y eut un brouhaha dans l'auditoire, un de ces instants où l'orateur perçoit l'imprévisible effet des mots qu'il vient de prononcer, et le silence retomba, lourd de gêne.

L'exposé de Maïa s'intitulait *De la translation de la vitesse horizontale à la vitesse verticale en saut en hauteur.* Son introduction emballa les entraîneurs des républiques de l'Union réunis au Palais olympique, puis, tout en punaisant des croquis de trajectoires au tableau, elle exprima son admiration pour ce saut Fosbury qu'elle pensait être un de ces heureux accidents que l'histoire scientifique connaît parfois. Déstabilisée par le bourdonnement d'exclamations, elle interrogea du regard le rang des directeurs, dont les visages figés lui indiquaient qu'il était désormais trop tard pour reculer.

Quatre hommes l'attendaient le lendemain à la première heure : le directeur, deux agents du KGB et un apparatchik du ministère. Ils buvaient de la vodka dans leurs tasses de café. Au directeur la première question :

— Camarade Maïa (il ne m'a jamais appelée ainsi, nota-t-elle), comment as-tu pu nous trahir ainsi ?

— Tra… trahir ? Je ne voulais…

— Trahir la confiance que le Parti avait déposée en toi, reprit un des agents.

— Trahir le peuple soviétique.

— Te livrer devant nos cadres les plus méritants à de la propagande en faveur d'une déviance impérialiste. Dénigrer vingt années d'efforts de nos éducateurs…

Depuis la mort de sa mère, qu'elle avait vue s'éteindre de chagrin, muette, anémique sur son matelas tiré près du poêle de l'atelier, entourée de livres éparpillés qu'elle n'avait plus envie de feuilleter, Maïa avait cessé d'avoir peur. Les hommes ne l'impressionnaient pas, les menaces glissaient sur elle, mais ce huis clos la perturbait. Elle garda le silence, les écoutant à tour de rôle, puis elle bredouilla :

— À Mexico, en voyant la résignation des camarades (elle aussi employa le mot pour la première fois) Antonina Bukharina et Galina Sturm, en bas du podium, j'ai été émue par un sentiment…

— Un sentiment… ?

— De frustration…

Le directeur tapa du poing sur la table, pour devancer les autres :

— On parle sacrifice, vaillance, talent et tu nous réponds sentiment et frustration.

On apporta un plateau de cafés et de vodkas, l'un des agents conclut :

— Maïa, nous n'oublions pas ce que le peuple doit à ton père. Héros de l'ombre, s'il en est. Tu es jeune, tu peux te corriger. Tu pars demain à Bichkek. À l'École supérieure du sport.

MAÏA À BALAKCHY

Ils traversaient le parc, des bourrasques secouaient les arbres qui résistaient en grinçant. L'automne kirghize avait enflammé de vermillon, jaune, orange les feuilles, qui n'allaient pas tarder à se répandre dans le vent. Bien qu'elle eût atterri le matin même, Maïa humait l'approche d'un de ces hivers rudes, probablement aussi glaciaux et sombres qu'en Sibérie, qui vous poussent à la solitude comme au travail. Cette perspective ne lui déplaisait pas. Son compagnon lui racontait son arrivée à Bichkek ; l'époque héroïque de l'École supérieure du sport dont on l'avait nommé directeur. Il était de la Volga, lui aussi, de Kazan, au nord de Saratov plus précisément ; il la mit en garde contre la communauté des expatriés, raconta les femmes kirghizes descendant à cheval des montagnes avec leurs bidons de koumis, et les bonnes combines du marché noir des nomades kazakhs du désert. Lorsqu'ils arrivèrent dans son bureau, il sortit une bouteille de vodka d'un placard.

— Assieds-toi. Penses-tu encore au Fosbury ?

Maïa prit son verre.

— Bien. Moi, j'y pense. Je ne suis pas le seul, comme tu peux l'imaginer. Que dirais-tu de tenter une expérience ?

Elle tendit son verre, laissa paraître une expression d'étonnement pour l'inciter à poursuivre.

— Voilà. Dans la montagne, sur la route de Naryn, se trouve un lac splendide que les gens appellent Issyk Kul. À trois mille mètres d'altitude, on y respire un air frisquet mais pur. Il est cerné par de très hautes montagnes. Sur une rive, il y a la ville de Balakchy. Interdite d'accès à cause de chantiers militaires. Il faut des sauf-conduits spéciaux pour s'y rendre, on va t'en établir un. Personne ne pense châtiment, ne t'inquiète pas. On a créé là-haut un Institut pédagogique du sport, un nom comme un autre, il n'accueille que des filles.

— Qui viennent d'où ?

— Des surdouées que nos prospecteurs ont repérées dans les compétitions juniors, à Tbilissi, Kiev, Mourmansk, partout. Nos futures championnes se trouvent parmi elles, tu t'en doutes. Je te confie la section du saut en hauteur. Aucun commissaire à l'horizon, pas de rapport à écrire, te voilà seule sur le pont au milieu d'une mer houleuse.

D'un carton, il sortit des cassettes vidéo et des manuels. Maïa lut les étiquettes : Dwight Stones, Munich 72 ; Ulrike Meyfarth, 1972…

— Dick Fosbury, Mexico 68.

— Ne demande pas comment on les a récupérés, tu les emmènes là-haut.

La maison s'élevait sur deux niveaux. Un vaste potager, impeccablement planté en lignes droites, devait servir de couverture. À l'étage, dix lits s'alignaient en rang contre un mur vert écaillé. Il y régnait une pagaille de filles : fringues, babioles, trousses. C'est dans ce foutoir que firent irruption deux officiers du KGB de la surveillance militaire. Après avoir posé leurs cartables sur un lit, et un magnétophone sur une table pliante, ils firent entrer la première des filles de la file qui attendait dans le couloir, pour l'interroger ; puis reçurent les autres une à une. Aucune question sur le saut en hauteur ne leur fut posée. Après la dernière, les deux hommes plièrent leur table et disparurent dans une Volga noire. Aussitôt reprirent les piaillements de la séance d'essayage. Les filles déballèrent de leurs trousseaux des jupes vertes plissées, des socquettes blanches, des survêtements rouges, coiffèrent les chapkas pour défier à travers la fenêtre un brouillard de neige au sommet des montagnes.

Maïa les observa d'un air malicieux. Elles ont été convoquées au lendemain des championnats du monde de Brno, elles savent ce qu'elles valent, se dit-elle, mais l'envie les tenaille assez pour accepter les risques de l'aventure et pour écouter.

— Les filles, on fait connaissance de la salle avant la nuit.

Sur la route, en direction de la ville, elles furent stoppées par Maïa.

— Nous, c'est ici, à gauche toute.

Au fond du jardin se dressait un entrepôt de tôle dont elles franchirent la porte rouillée. Une verrière sale filtrait une lumière blafarde qui accentuait l'immobilité du lieu. Tout seul, un poêle chauffait une sorte de vestiaire en contreplaqué, équipé d'armoires métalliques et de lavabos de récup. Elles s'étonnèrent de découvrir un trampoline qu'elles s'empressèrent d'étrenner. Un sautoir patientait sous la verrière, lunaire au milieu de l'espace vide. Elles se mirent à glousser en se jetant à la tête les vieux cubes en mousse du matelas de réception.

Le Fosbury, les filles n'en avaient jamais discuté, ni avec leurs entraîneurs, ni en famille, bien qu'il ne quittât jamais très longtemps leurs pensées qui tournoyaient en contorsions dorsales. Elles savaient ce sujet tabou et dangereux. À peine l'évoquaient-elles à voix basse au réfectoire et au dortoir lors de compétitions, parce qu'il se murmurait – et ça les angoissait – que les Allemandes de l'Est ou les Bulgares s'y initiaient déjà. L'instinct l'emportait sur les démentis de leurs staffs, aucune n'hésita quand des gens un peu louches se disant du ministère se présentèrent chez elles pour leur proposer cette immersion. Ça valait le coup d'entrer dans la clandestinité d'un entrepôt blafard, en périphérie d'une ville paumée dans les montagnes, loin de la famille et des copines, pour gagner les centimètres qui changent tout.

Maïa les rassembla :

— La technique est l'outil de travail de l'athlète. Parfois il faut en changer. On se contrefiche de savoir qui a inventé la pince ou le tracteur, nous allons faire pareil. Ce que vous avez appris jusqu'ici, ça vous sera utile, mais vous allez l'oublier. Eh oui ! À commencer par la trajectoire.

À la pointe d'un bâton, elle traça sur le sol deux lignes menant jusqu'au sautoir ; l'une curviligne, l'autre droite, oblique et démarrant sur le côté. Elle cocha sur chacune une douzaine de marques comme autant d'enjambées.

— Trajectoire du ventral que vous maîtrisez. C'est pourtant la dernière fois qu'on en parle. Trajectoire du Fosbury, elle vire, en accélérant. C'est demain qu'on l'attaque. Allez courir dans le pré d'en face avant le dîner. Ouste !

À la bergerie, la tête protégée des éclaboussures par un fichu, Tatyana avait l'habitude de préparer les topinambours dans un coin de la broyeuse en chantonnant. De temps en temps, elle s'interrompait pour observer dans la stalle voisine l'inépuisable imagination des agneaux pour réinventer des jeux. L'arrivée d'une femme vêtue d'une parka rouge CCCP l'intrigua. La dame lui fit comprendre que le boucan de la machine, qu'elle stoppa, la dérangeait, et lui posa des questions sur la gaieté des agneaux, s'inquiéta des violentes tempêtes sur les estives dont on parlait jusqu'à Balakchy. Elle nettoya un tabouret et se présenta. C'était Maïa.

La mésaventure de Tatyana était parvenue à ses oreilles, à Kochkor, au Song Kul Restoran, où elle avait emmené sa petite troupe au retour d'une randonnée en montagne. À la table voisine, des bergers parlèrent de la fille surdouée de leur ami Mômoun grandie d'un coup.

— Surdouée ? demanda Maïa.

Après leur récit, elle fut tentée de descendre aussitôt au Dinamo de Bichkek pour en savoir plus auprès des anciens entraîneurs de Tatyana, mais la peur d'attirer la curiosité du KGB sur son groupe l'en dissuada. Mais son intuition persista à la piquer. Les cabrioles prétendument prodigieuses de la môme la poussèrent finalement à monter à la rencontre de Tatyana au kolkhoze.

Elle se présenta simplement :

— J'entraîne un groupe de filles de ton âge, bourrées de talent, dans un Institut pédagogique du sport. À

Balakchy, tu connais. Notre truc, c'est le saut en hauteur. On est loin des saltos carpés et flips arrière. Je sais que les gymnastes appellent les athlètes des bourrins. Le saut reste de l'envol, pour monter très haut, bientôt deux mètres. C'est une production de figures, une chorégraphie, même si elle reste rudimentaire, j'en conviens. Tu as démontré une fibre créative dans les airs, elle est précieuse. Je voudrais en parler avec toi.

Le lendemain, pour se rendre à Balakchy, Tatyana prit le car avec son père, qui lui porta son sac. Ils regardèrent la route en silence. Il ne trouvait pas de mots à lui dire, ça durait depuis la veille, elle s'en amusait et lui donnait de petites tapes sur le bras. Elle descendit à l'entrée de la ville, suivit les indications de Maïa. Elle poussa la porte de l'entrepôt, vaste, où des filles discutaient au bord d'un sautoir sous une lumière diaphane.

Quand elle se fut approchée, elles balbutièrent des gentillesses de bienvenue. Tatyana frissonna sous l'effet de l'humidité. Son regard s'attarda sur la barre posée entre les deux piquets, trop haute, dérisoire ; elle observa les coussins en mousse du bac de réception, puis l'espace vide. Elle pensa au chahut résonnant dans le gymnase de Bichkek, aux cris des coachs, aux hurlements de joie ou de douleur parfois, aux courses, roulades, vrilles, aux regards envieux ; lui revint aussi l'odeur du camphre, l'air surchauffé des radiateurs électriques, les ordres scandant le temps. Une soudaine mélancolie la submergea jusqu'aux larmes. Les mains de Maïa se posèrent sur ses épaules.

SUE AU PAYS KIRGHIZE

Tel le paquet de cigarettes laissé sur la table par le fumeur repenti pour matérialiser la fermeté de sa décision, l'enveloppe verte oblitérée en cyrillique demeura plusieurs jours où l'avait lancée Sue après l'avoir lue. Car Sue avait d'emblée renoncé à l'invitation de Tatyana.

Le mal la rongeait par crises trop violentes pour qu'elle s'aventure chez des inconnus au fin fond des montagnes. La chaleur de l'Arizona, torride à la mi-journée, n'exigeait d'elle qu'une acceptation passive, aucune bataille, et la bienveillance de ses voisins dans l'allée l'apaisait, même si les sujets de conversation avec eux se limitaient le plus souvent à leur débine ou à leur pêche. La familiarité de son mobile home, surtout, la retenait, la protégeant des agressions comme des regards du dehors.

C'est Earl qui avait suggéré l'idée de ce mobile home en publiant une petite annonce dans l'*Arizona Republic*, une semaine après l'avoir découverte recroquevillée dans le bosquet du parc. Peu après, le journal sortait une série d'articles sur son histoire. Le premier revenait sur son magnifique concours aux Jeux olympiques de Los

Angeles. Puis suivait un supplément photos de la fête donnée à son retour à Phoenix, l'arrivée de Sue debout dans une Buick décapotable, aux côtés de son fiancé de l'époque, un guitariste punk, précédée des pom-pom girls de l'université. Une parade d'Indiens et d'éleveurs fermait le cortège. Dans la soirée, un Taco Festival avait suivi un concours de beauté de chihuahuas dont elle était la marraine. Sue chantait et dansait sous les lampions du Budweiser Fest, un feu d'artifice illuminait un barbecue nocturne.

Par la suite, l'*Arizona Republic* mit en une un reportage sur le dopage des athlètes féminines de l'époque, est-allemandes, soviétiques mais aussi américaines. Dans la foulée, un reporter de *Sports Illustrated* écrivit une longue enquête sur Sue titrée « Tombée de haut ». On la découvrait dans les bras de ses fiancés successifs, en selle sur un mustang lors du Houston Show and Rodeo, ou sur un ring à Las Vegas, annonçant en short et sur talons hauts le départ de chaque round lors d'un championnat du monde ; on apprenait l'existence d'un mal tenu secret et des crises qui nécessitaient les premières hospitalisations.

Le récit de sa dégringolade émut les lecteurs, des sacs de courrier arrivèrent au journal. D'anciennes copines de la high school fondèrent un fan-club, une tombola finança le mobile home, la municipalité offrit le carré de verdure près des séquoias. Un matin, une file de pick-up s'y gara, d'où sortirent des gens qui répondaient à un appel du fan-club. Ils déchargèrent planches, câbles, rideaux ; ils ouvrirent les caisses à outils et les pots de peinture. Sans oublier les canettes de bière, les dindes pour le barbecue et une banderole tirée entre deux arbres : « *Welcome home, Sue. Nobody forgets.* » On poussa des hourras quand Sue embrassa tous ces amis inconnus en haut du marchepied. Dans la nuit noire, sillonnée d'étoiles filantes que projetait le ciel du désert, on but de la bière, Sue plus qu'à son tour, un orchestre country emballa les danses, peu avant l'aube chacun s'évanouit sur sa route sans cérémonie.

Ce mobile home se transforma en capharnaüm, Sue ne se souciait pas beaucoup de décoration. Une table de camping supportait une radiocassette ; boîtes en carton, produits de beauté et médicaments se disputaient les étagères. Des baskets et bottines traînaient autour d'un lit qui occupait toute la largeur. Après avoir vécu dans de splendides résidences, elle ressentit dans son mobile home un plaisir inconnu : le luxe d'une intimité qui enveloppait sa solitude et amortissait ses maux. Elle le voulut sans fanfreluches, rudimentaire comme sa garde-robe contenue dans une malle, dépouillé de souvenirs d'enfance, de photos ou de trophées de sa belle époque. Prise d'une énergie cathartique, Sue déclenchait parfois une tornade blanche, vidait le mobile home sur l'herbe, aspergeait, astiquait à grande eau. Puis le désordre se réappropriait le refuge.

Un soir, l'angoisse de la douleur la mina tant qu'elle se sentit poussée droit devant elle, descendit à la rivière attirée par des voix. Une bande de poivrots chahutaient au bord de l'eau qui l'accueillirent à grands cris. Ils la firent rire, elle vida un fond de whisky, les invita à finir ses bouteilles sur sa pelouse. Elle y retourna le lendemain et les soirs qui suivirent. Les insomnies l'amenaient à chercher une compagnie nocturne pour attendre l'agitation de l'aube. Ces copains de bouteille disputaient dans l'herbe des parties de bingo qui s'entendaient à l'autre bout de l'allée, buvaient cul sec aux frais de la princesse, et quand ils riaient, c'était bon. D'autres vagabonds rôdaient, attirés par l'odeur de l'alcool, les rires désemparés de Sue, son parfum aussi.

Ses proches tentaient de veiller au grain – son frère, Earl et Sam, son ancien agent et d'anciens amants bouleversés d'inquiétude – sans parvenir à empêcher ces plongées éthyliques, faute de thérapie alternative à proposer.

La lettre du Kirghizistan abandonnée sur la table finit par titiller Sue. Elle l'ouvrit, la referma, et se surprit à imaginer sans plus d'inquiétude les froidures sur des montagnes inconnues. « Des tapis dans une maison en bois bleu ! » Elle s'amusa à cette idée, et à celle d'un lac et de chevaux qu'elle imaginait râblés et belliqueux. Elle se mit à envisager avec beaucoup de curiosité des retrouvailles avec cette Tatyana Alymkul qu'elle avait connue Izvitkaya et soviétique, qui lui avait écrit une lettre amicale, si simple.

De guingois sur son siège pour caser ses longues jambes, bercée par le ronronnement des réacteurs, Sue ouvrit les yeux dans la pénombre sur le visage asiatique d'un monsieur aux yeux plissés qui s'empressa de lui sourire. Son voisin s'était légèrement penché vers elle pendant son sommeil afin d'observer à travers le hublot les traînées jaunes de l'aube. Sue se déchiffonna le visage en le frottant des deux mains avant de lui rendre son sourire. Elle accepta un bonbon et suivit son regard vers la lumière de l'horizon, d'où bondit à leur grand amusement, aussi vive qu'un ballon emprisonné dans l'eau, la boule du soleil. Le jour découvrit l'immensité verdâtre d'un désert si dissemblable de son Arizona. L'étendue plate que Sue devinait couverte de hautes herbes sauvages, tachetée de plaques arides, la plongea dans une douce somnolence. Puis les montagnes emplirent le paysage, montèrent vers l'avion, si hautes et proches qu'on discernait les ébréchures des parois acérées, les coulées de neige.

Quand Sue annonça son départ à Earl, il répondit :

— Je le savais depuis le jour de la lettre.

Il lui acheta le billet sur internet afin de couper court à d'éventuelles tergiversations. Il rit comme un gamin en le lui tendant :

— Quand deux filles sont montées si haut ensemble, un jour ou l'autre…

— Holà, Earl, va pas plus loin.

Elle ne voulait pas parler de ce qui l'avait convaincue de partir. Depuis la lettre, les rêves qui traversaient son sommeil se repeuplaient de personnes amicales dont elle se croyait coupée, et resurgissaient des sensations d'une époque dont elle pensait avoir été chassée. Ces souvenirs souvent doux n'expliquaient cependant pas son revirement.

Peut-être le ton de la lettre avait-il suffi parce qu'il suggérait que cette Tatyana, qui l'avait tellement impressionnée cet après-midi à Helsinki, n'était pas la fille qu'elle s'était représentée et que ça valait la peine de découvrir pourquoi elles s'étaient impressionnées. De plus, la perspective de larguer les amarres pour une chambre dans une maison bleue l'avait séduite, elle aimait l'illusion qu'en grimpant dans la montagne perdue elle allait distancer ses tourments.

Sue se posta indolente près de la porte du hall d'arrivée, sans grand effort pour repérer Tatyana dans la cohue asiatique. Elle n'attendit pas longtemps. Au loin, un visage s'illumina d'une expression heureuse en l'apercevant. Tandis que Tatyana se frayait un chemin d'un pas rapide, Sue se dit qu'elle ne l'aurait pas reconnue sur un trottoir, moins parce qu'elle n'avait pas pensé un instant aux inévitables marques du temps que parce qu'elle ne l'avait jamais vue ni imaginée en civil, loin d'un sautoir. Ses cheveux autrefois coiffés au carré étaient maintenant tirés en arrière, toujours d'un beau noir. Ses joues un peu tombantes alourdissaient son visage, mais il resplendit d'une mimique vive lorsqu'elle lui tendit un bouquet de petites fleurs.

— Merci d'avoir fait un si long voyage, dit-elle.

— C'est gentil de me remercier, s'esclaffa Sue.

Elles ne trouvèrent rien d'autre à se dire et sortirent, tirant chacune une valise.

Elles traversent Bichkek sans un mot, aucune question, et la voiture prend ainsi sur la route rectiligne qui fend la plaine jusqu'au pied de montagnes. Cependant les deux femmes ne partagent pas le même silence.

Sue se renfrogne sur son siège, assise de travers, la

tête tournée vers le paysage, comme accablée, car elle n'a jamais imaginé qu'on puisse peupler un désert de moutons aussi crasseux, de cabanes ou de tentes aussi misérables. Tout lui paraît grisâtre, la pierraille, le pelage des ânes, les murs lépreux des maisons que l'on aperçoit parfois au loin, près de palmiers aux branches avachies. Même le soleil darde une lumière blême de poussière. Tristesse et découragement la submergent. Sans compter qu'il doit faire froid, plus on monte, plus il fait froid. Elle ne décolère pas. Elle maudit les encouragements d'Earl qui se mêle toujours de ce qui ne le regarde pas, en veut à cette femme de l'emmener en voiture sans qu'elle puisse trouver assez d'énergie pour lui dire stop, demi-tour. De quoi elle a l'air ! Et moi, encore pire. Elle se retient de lui demander. Il n'empêche qu'elle aurait pu penser à regarder sur internet. Elle s'en veut de n'avoir pas imaginé qu'une femme d'allure villageoise, aimable, et gentille, remplacerait la fantastique rivale qu'elle avait quittée sur le sautoir d'Helsinki.

La décontraction des mains de Tatyana sur le volant détonne, elle se faufile d'un geste désinvolte entre les camions aux échappements puants. Au franchissement de la Chuy, pourtant d'un beau bleu beige sous la première lumière matinale, Tatyana se retient de lui dire que c'est leur rivière, qu'elle la retrouvera plus haut près de la maison, qu'en été les gens s'y trempent au milieu des canards. Elle s'abstient de commenter le paysage car elle voit sa passagère exténuée, à l'évidence excédée aussi. Plus elle la regarde à la dérobée, plus elle est impressionnée par les stigmates qu'elle a seulement devinés sur son visage en apercevant cette grande bringue blonde à l'aéroport. Ces marques ! se dit Tatyana, émue, on les voit à peine mais elles sont menaçantes. En son temps, Tatyana aussi a ingurgité les pilules bleu et blanc, enduré des éruptions cutanées, couru en catimini les gynécologues privés. Mais le temps a repoussé la tempête, effacé tous les outrages, dissipé les inquiétudes de santé, alors que sur le visage de Sue se lit un danger lui rappelant des histoires que l'on racontait au sujet d'athlètes soviétiques des générations passées. Elle comprend que le séjour ne sera pas tel qu'elle l'avait envisagé. Mais c'est sans effort qu'elle se persuade que, au fond, ça ne changera rien : trouver les gestes adéquats dans les moments imprévus demandera simplement plus d'attention. Son amie chamane a vu juste.

Au détour d'un piton rocheux, la route se dressa soudain, le moteur s'y reprit à deux fois. Le paysage ondula en collines pelées d'allure biblique et tout devint moins gris et plat.

— Oh bon Dieu ! Deux bosses, une barbichette, s'écria Sue.

— Chez vous, combien ? demanda Tatyana, qui stoppa pour regarder un troupeau de chameaux en contrebas, dans un vallon.

— Une, naturellement.

— Il y en a, dans ton désert d'Arizona ?

— Non, uniquement au zoo, dans l'enclos des girafes. On les connaît par leur prénom.

Sue se redressa sur son siège, mains sur les genoux, regardant à droite et à gauche, scrutant aussi le ciel.

— Tu es mariée, des enfants ? demanda-t-elle.

— Plus de mari. Pas d'enfants. Ne t'inquiète pas, Susan, tu seras tranquille à la maison.

— Pourquoi, plus de mari ?

— Pas d'enfants à l'horizon, le mari est parti. Ce n'est pas très intéressant. On aura bien le temps de parler de tout ça, si on trouve un jour que ça vaut le coup.

Elles rirent. Tatyana tendit un thermos à Sue :

— Thé vert chinois, de contrebande.

— Tu vois, Tatyana, je ne t'imaginais pas comme ça.

— Aïe, aïe, aïe, et comment donc ? demanda Tatyana.

— Je ne t'ai vue que deux fois à la télé. Et une seule fois en vrai, il y a de ça longtemps, non ?

— Tu veux dire que tu me voyais en short avec un maillot rouge CCCP, des jambes frémissantes, un visage de gamine amaigri par les séances d'entraînement ?

Sue fit une grimace :

— Y a de ça... Qu'est-ce que ça doit être pour toi !

— Non. J'ai pu m'attendre à une attitude arrogante de ta part, à l'américaine, sans plus. J'aurais fait avec.

Quand elles longèrent une des rives du lac Issyk Kul, la lumière accentua le jaune de la bande de sable qui sertit les eaux bleues. À une bifurcation, Tatyana hésita, tourna en direction de Balakchy et s'arrêta devant un ancien potager bouffé par les mauvaises herbes accolé à un entrepôt. Elle observa le bâtiment à l'abandon : verrières brisées, carcasses de voitures squattées par des poules.

— Voilà notre centre d'entraînement.

— Mon Dieu, ce truc ? Quand tu étais gamine ?

— Non, non, après, quand on était dans le dur. On l'appelait l'Institut pédagogique du sport. C'est là qu'on a travaillé votre Fosbury, en cachette, comme des comploteuses anarchistes. À l'époque soviétique, tout ce qui venait d'Amérique devait rester clandestin.

— Mon Dieu, si Fosbury apprenait que des filles communistes s'échinaient à l'imiter dans un hangar…

— Tu le connais ?

— Comme ci, comme ça, souvent croisé.

— Alors ? Est-ce qu'il est content du pataquès qu'il a foutu ? Quel genre de type c'est ? Il faut un drôle de ciboulot, pour inventer ça.

— Un grand échalas très coincé, il n'y avait pas plus torturé avant chaque saut, il hésitait à n'en plus finir, tu l'as vu. Mais une bonne tête d'étudiant bien allumé. Difficile de savoir comment il pensait, il était trop timide, ou distrait. Après son saut de Mexico, Dick a fait la potiche pour les sponsors, on l'a vu assis sur le capot d'une bagnole dans les foires automobiles, comme moi, comme tout le monde. C'est lui qui m'a remis la médaille aux Jeux…

La voix de Sue s'éteignit sur ces derniers mots, Tatyana ne lui posa pas de question et enclencha la marche arrière pour le demi-tour.

ALLER AU VILLAGE

Si ce n'avait pas été son premier jour au Kirghizistan, Sue aurait reconnu sur le visage de la dame qui ouvrit le portail, malgré sa peau tannée par les hivers, des expressions de Tatyana – en tout cas son sourire placide, sa tête légèrement inclinée. Le portail bleu roi, forgé d'arabesques, comme elle en avait observé d'autres dans la rue, retint son attention.

La maman saisit la main de Sue pour l'entraîner dans la maison. Elle lui enfila des chaussons, lui fit signe de s'asseoir sur les tapis en feutre vert et bleu. Des coussins en soie leur opposaient du rose, du violet et du blanc. Sur une table basse, la maman déposa des ramequins de crèmes tremblotantes, des coupelles de madeleines et de papillotes, puis un plat de beignets chauds qui dégageaient une odeur de farce.

— On se croirait à Noël.

— Surprise ? demanda Tatyana. Tu imaginais quoi ?

— De la soupe au chou. Sûrement pas des papillotes en chocolat. Wikipédia explique que ta famille vient de Corée. De là-bas à ces montagnes, ça en fait du chemin !

— Simple. Mes quatre grands-parents coréens se sont exilés à Vladivostok pour fuir les Japonais. Puis ils ont tous été déportés ici par Staline parce qu'ils ressemblaient à des Japonais.

— Ils sont toujours en vie ?

— En vie ? Non ! Tués en Ukraine, pendant la Seconde Guerre mondiale. Tous les Coréens en âge de tenir une kalachnikov ou une pelle ont disparu en moins de deux mois quelque part sur le front ukrainien. Il paraît que ce fut le front le plus meurtrier du monde.

— Tu sais comment ?

— Pas en détail. Les hommes et les femmes sont partis sur le front à peu de temps d'intervalle. Mes deux grands-pères ont été emmenés dans le même camion sur le Dniepr, en Ukraine. On sait qu'ils ont tous été écrasés en quelques jours, soit par les chars allemands, soit sous les bombes de l'aviation. Mes grands-mères sont montées un peu plus tard dans un autre convoi, toutes les femmes Koryo-sarams ensemble pour qu'elles se sentent moins seules en route ; expédiées en Ukraine, le Dniepr encore. Pour quoi faire ? Remplacer les hommes tués dans les tranchées ? Faire la popote ou les pansements aux bivouacs ? On n'en sait rien…

— Personne n'est revenu ?

— Non. Aujourd'hui je pourrais fouiller dans les archives, à Moscou, mais à quoi bon ? Mes parents sont persuadés que leurs parents se sont retrouvés quelque part dans une forêt avant de mourir ensemble. Avec nos rites Koryo-sarams. Je l'espère aussi. Ils sont des centaines de milliers enfouis là-bas, sur des kilomètres et des kilomètres. Inutile de vérifier.

— Mon grand-père a combattu en Corée. Peu de temps. Dans l'aviation.

— Militaire ?

— Engagé volontaire, il était viscéralement anticommuniste. En plus, il ne s'était pas comporté en héros durant la Seconde Guerre mondiale, ça devait le travailler. Mon père, lui, a fait la suivante, au Viêt Nam. Anticommuniste aussi. Mais lui, il a été obligé. Ils l'ont envoyé dans la jungle, il s'est pris en pleine figure les moustiques, les serpents, les pièges, l'ennemi dissimulé dans les feuillages. Ça ne lui a pas réussi, il a attrapé la malaria, ensuite des balles dans la jambe. Cela dit, à son retour, il est devenu sympa. Il m'a beaucoup aidée à mes débuts en compète. Ces papillotes, ces confitures, ça m'intrigue quand même, elles viennent d'où ?

— Vestige de la route de la soie, paraît-il. Je vais te chercher un produit du terroir.

Tatyana revint de la cuisine, une carafe de vodka à la main.

— Tu lis dans mes pensées. On trinque.

Des bêlements rouspéteurs s'élevèrent, suivis au loin par d'autres plus vindicatifs, et des aboiements, puis plus rien, sinon le ronflement du poêle. Une lune ronde s'encadra dans la fenêtre sans que les deux femmes aient vu tomber la nuit ; Sue s'étendit soudain sur le tapis, renonçant au plus petit effort, même remuer les lèvres pour exprimer son épuisement. Elle se laissa emporter dans un épais sommeil où aucun rêve ne pouvait espérer pénétrer. Tatyana jeta une couverture sur elle et s'envoya une longue gorgée de vodka.

Le soleil illuminait l'air, mais il devait être froid car la femme qui s'activait dans le jardin était emmitouflée dans une pelisse de mouton assortie à ses bottes et sa chapka. D'une bassine, elle puisait à pleines mains des patates qu'elle versait dans des mangeoires.

Partout se balançaient des roses trémières sur leurs tiges graciles. C'était plus qu'un jardin, que se partageaient des pommiers trapus, un carré de seigle prisé par des poules vaniteuses et un potager un peu fouillis où dominaient oignons et choux. Le long des murs, des appentis en planches abritaient les poulaillers et les enclos pour brebis. En rangs, au fond, se dressaient des bouleaux longilignes dans lesquels se perdaient les rayons du soleil. La femme se retourna, Sue reconnut Tatyana et sortit la rejoindre :

— Ce sont tes moutons ?

— Non, les miens broutent dans la montagne. On ira. Ceux-là sont descendus pour être offerts en cadeau.

— D'anniversaire ?

— Ou de mariage, coups de main, ils peuvent aussi être offerts en remerciement…

— Vous ne buvez pas de lait ?

— Du lait de jument, on l'appelle koumis. Tu aimes le lait ?

— J'en ai beaucoup beaucoup ingurgité. Jusqu'à la fin… Du lait de jument ? Mon Dieu, je n'aurais même jamais pensé à regarder en dessous si elles en donnaient.

— Tu vas t'y mettre. On le boit comme une médecine magique. Il commence par rincer les entrailles, donc ne pas s'éloigner des toilettes le premier jour, puis il fortifie le sang. Combat les virus et autres saloperies. Quand il est bien fermenté, il purifie l'âme.

— Il donne de la vigueur aux hommes ?

— Bien deviné ! Les guerriers kirghizes en buvaient en chargeant au galop. Et personne dans l'Histoire ne les a jamais battus. Pas même Gengis Khan.

— Tu en prenais avant les compétitions ?

Tatyana rit :

— Tous les matins, pendant les stages et les concours. En cachette dans les toilettes, bien sûr. Les Soviétiques déportaient en Sibérie ceux qu'ils soupçonnaient de se livrer à des rites chamaniques. Ils préféraient les pilules.

— Les pilules ?

— Pas chez vous ? Allons, allons. Je vais au village. Tu m'accompagnes ?

Sue enfila un manteau et une écharpe suspendus dans le couloir.

— C'est parti !

Quand les deux femmes entrèrent au Song Kul Restoran, elles comprirent que le chapeau en feutre blanc brodé de vert et les bottes fourrées que Sue venait de s'offrir au bazar ne la protégeraient pas de la curiosité lisible dans les regards qui s'attardaient sur sa silhouette blonde.

La vaste salle, où flottaient fumées de cigarettes et de grillades, était emplie de maquignons revenus de la foire aux moutons. On leur fit une place à table et apporta une carafe de vodka avant même que Tatyana eût commandé des assiettes de riz sauté aux pois chiches.

— Je pourrais être russe ou ukrainienne, s'étonna Sue.

— Elles ne portent pas notre chapeau, dit Tatyana.

Elles levèrent leur verre en direction des voisins pour accompagner le premier toast dont Sue devina le motif.

Sur le chemin du retour, on aurait pu croire les deux femmes en difficulté, qui zigzaguaient et glissaient, trébuchaient parfois sous leurs achats, mais il n'en était rien. Elles chantaient. Tatyana dégagea un trou dans un grillage pour couper à travers le jardin du Musée régional. Dans le clair-obscur, au milieu d'une allée, se dressèrent des silhouettes en bronze.

— Messieurs dames, bonsoir, dit Sue qui se planta devant la première. Vladimir Ilitch Lénine ! Je n'y crois pas, vous êtes terribles ! Vous gardez encore un truc pareil ?!

— On l'aime bien. Il n'a pas voulu de mal aux Kirghizes.

— Et cette dame ? Elle porte une si magnifique coiffure ! Téméraire, non ?

— Kurmanjan Datka, la Reine des montagnes, elle est restée invaincue à la tête de son armée contre les khans et le tsar. C'est une rebelle comme nous en raffolons.

— Lui ? Quel cou ! Il a une superbe tête aussi, ses moustaches ne gâchent rien ! Un autre guerrier des montagnes ?

— Notre double champion olympique, Montréal, Moscou. Il s'appelle Chabdan Manas Orozbakov. Haltérophile. L'homme le plus fort du monde. Cinquante-trois records mondiaux. Il a soulevé 261 kilos. Né dans notre vallée, un peu plus bas, il est de chez nous.

— Waouh ! Il est très beau. Aujourd'hui ministre, acteur ?

— Goulag, Sibérie. Déporté durant les Jeux de Moscou. Il a agité notre drapeau indépendantiste sur le podium. On l'a tué dans une forêt, là-bas.

— Aïe ! Je suis désolée. Tué, mon Dieu ! Tu le connaissais ?

— Je l'ai rencontré aux stages d'entraînement olympique. Entre Kirghizes, on se tenait chaud, il se voulait très kirghize. Mais gamine, je l'avais vu lutter le kourash à Kochkor, il avait gagné. Jeune, mais déjà très populaire, notre chouchou. Son père a été fusillé près d'ici, plus haut dans la montagne. Lui par Staline, c'était une personnalité très écoutée, une génération avant.

— Tu l'aimais beaucoup, j'imagine.

— Je l'aime encore, comme tout le monde. À plus de cinq mille mètres d'altitude, là-haut, les bergers t'en parleraient avec de la gratitude dans la voix.

— Pour son courage ?

— Et son insoumission.

Des nuages noirs s'amoncelaient dans le ciel en prévision d'un orage, l'après-midi tirait vers le soir. Dans un parc, un cheval aux pattes antérieures entravées broutait en sautillant pendant que son cavalier dormait. Des jeunes fumaient un pétard, affalés dans le bassin d'une fontaine couverte de graffitis. À travers bois, les gens revenaient du village tous aussi chargés de provisions. Sue se laissa tomber sur un banc, se frotta le visage.

— Tu as mal ? demanda Tatyana.

— Pas trop, ça va venir.

— Surdose ? Ou un traitement expérimental ?

— Il paraît que non. La malchance, j'ai cru comprendre.

— Tu sais quelles pilules t'ont détraquée ?

— Non, le médecin est devenu amnésique. Quand es-tu revenue vivre ici ?

— Quand les poils ont poussé.

— Ah, ah. Ça remonte à quand ?

Jamais Tatyana n'oublierait le matin où elle s'était plantée face à la glace de la salle de bains, ahurie par sa foufoune foisonnante. Dès les premiers mois de son traitement, dit « extra olympique », elle s'habitua à batailler à coups de rasoir contre le regain de poils aux jambes, et à couper les petites touffes dépassant de sa culotte. Mais ce matin-là, tiraillée par un rêve dont elle n'a gardé qu'un souvenir flou, elle s'immobilisa, trop fascinée par son image pour faire un geste, saisie par une impression de monstruosité comique, jusqu'à ce qu'elle s'active à coups de ciseaux vengeurs.

Quelques jours plus tard, un peu patraque à l'issue d'un entraînement poussif, sans justesse dans ses appels ni synchronisation, elle répondit à Maïa qui l'engueulait par des questions sur ses symptômes anormaux. Maïa hésita un moment, ne lui demanda aucun détail mais l'embrassa, puis, d'une voix affectueuse, lui répondit que ses inquiétudes relevaient de l'Académie des sciences médicales. Tatyana renonça à consulter. Elle se familiarisa avec le rasoir pour dissimuler la chose aux regards de son mari, Mikhaïl Skibine.

Il avait fait ses avances le soir du récital inaugural de la saison moscovite. En son honneur, Irina Bashkirova, épouse du général Bashkirov, donnait une réception dans sa maison du quartier Chistye Prudy, où jadis vivait une comtesse, cousine du tsar, raconta-t-elle à Tatyana, tandis qu'elle l'emmenait bras dessus, bras dessous vers l'orangerie. Sur le gravier blanc de la charmille, le pianiste Mikhaïl Skibine invita Tatyana à danser. Il portait un nœud papillon à pois sur un smoking plus chic que celui de la cérémonie au Kremlin. Ils se mirent à valser, elle parcourut des yeux les visages alentour, n'en reconnut aucun de son monde sportif. Elle en déduisit que son invitation ne relevait pas d'un protocole officiel comme jusqu'à présent.

Mikhaïl lui tendit la première coupe de champagne de son existence, aussitôt la deuxième, fébrile. Ils se mirent à discuter de leurs vocations. Il ne cessait de lui poser des questions sur la minutie de ses gestes de préparation, les ultimes étirements, les rituels avant l'entrée en piste qui indiquaient que l'athlétisme ne relevait pas pour lui d'un monde exotique. Sa curiosité comme son savoir ne pouvaient être feints. Il parla à son tour de mnémotechnie les jours de concert, de ses manies à l'entrée en scène et du plaisir obsessionnel des gammes. Ils trinquèrent, elle raconta des grivoiseries sur la petite famille de l'athlétisme, il présenta Tatyana aux invités comme l'égérie des Jeux de Moscou, choisissant des mots délicats.

Mikhaïl habitait un appartement au dernier étage d'un immeuble Art déco, dans une ruelle grimpante. Des baies s'ouvraient sur le monastère Saint-Basile. Tatyana s'émerveilla que l'on puisse accrocher sur les murs d'aussi beaux tableaux de peintres russes, dont les noms évoquaient une grandeur patriotique, ou une douceur paysanne, racontée autrefois par ses instituteurs. Soudain, elle se sentit poussée vers le canapé blanc, enlaça en riant son agresseur qui déchira le haut de sa robe dans sa précipitation.

Tout continua d'aller vite, un bonheur imprévu les emporta, ils partagèrent la dureté du travail, l'âpreté du perfectionnisme, elle se laissa emmener dans des galas somptueux. Il s'amusa de son accent kirghize, elle se moqua de ses manucures, une complicité d'exception les ravit.

Une datcha au bord de la Moskova accueillit leur mariage, où se pressèrent pêle-mêle des danseuses étoiles du Bolchoï, des musiciens, des officiers et leurs épouses. Des championnes et des champions dans leurs tenues de cérémonie se tenaient à l'écart, pas très loin des bouteilles, ainsi que des agents du KGB reconnaissables à leurs chaussures beiges. Un orchestre du Don joua des danses tsiganes et cosaques, la noce disputa des régates sur la rivière à bord de barques de pêcheurs. Tard dans la nuit, on but de la vodka, bercé par le froissement des feuillages des bouleaux. « Une romance rouge », titra un magazine italien.

Tatyana accompagna son mari lors de récitals à Berlin, Prague, Paris. Il l'encouragea sur les pelouses des stades de Londres, Zurich, Turin. Dès que la pression retombait, ils allaient « grouiller », selon son expression, dans L'Appartement Boulgakov ou d'autres cafés clandestins de la Tverskaya, pour boire de la vodka polonaise et écouter des lectures étrangères. Elle ne se lassait pas de sentir ses mains de pianiste lui griffer les fesses.

Les médecins de l'Institut confirmèrent la stérilité de Tatyana, supprimèrent les pilules, mais trop tard : les yeux amoureux de Mikhaïl étaient affectés. Il se montrait plus sensible au frou-frou des adoratrices lors des soirées données après les concerts. Tatyana n'imagina pas une lutte contre le déclin du désir.

Probablement devint-il plus attentif aussi aux avertissements envoyés avec insistance par les services du KGB concernant les troubles au Kirghizistan. Il rompit sans explications pénibles, avec une discrétion qui se voulait fataliste. Le jour du divorce, il invita Tatyana à déjeuner pour lui réitérer son admiration ; le soir même, il fit porter chez elle une toile du peintre Ilya Repine, des chasseurs à cheval dans la steppe, qui la subjuguait.

— Ça t'a rendue très triste ? Malade ? demanda Sue.

— Dévastée. J'avais été emportée par le romantisme russe. Je n'y avais pas été préparée. Paumée aussi, à cause de cette histoire de stérilité. Mais pour la santé, ça s'est très bien arrangé. Si ça se trouve, le boycott de vos Jeux m'a sauvé la mise. Ils savaient qu'ils allaient boycotter Los Angeles. Comme je commençais à vieillir, et qu'ils me sentaient très kirghize, ils m'ont exilée. Retour à la bergerie et aux bergers. Ils ont quand même accepté que je revienne ici, chez moi. Le vent des pâturages, le koumis, l'odeur des moutons, la salle de gym et les amis d'enfance. D'autres n'ont pas eu cette chance, Ukrainiennes, Russes, Géorgiennes, on en connaît qui ont disparu dans des villages paumés du Caucase, ou dans les forêts du Haut-Altaï. Et toi ?

— Moi, je couchais avec un joueur de football, Matt, je l'aimais. Il était doux, il rigolait comme un gentil mâle, il était fort. Il vous faisait vous aimer. Que demander de plus, hein ? Je l'admirais. C'est lui qui m'a révélée à l'amour. Lui qui m'a initiée à la pharmacie, aussi. Il m'a parlé charge de travail, oxygénation des muscles. Matt m'a présentée au médecin de son équipe. On ne pouvait concevoir plus compétent et plus pédagogue que cet homme. Il m'a expliqué la diminution du taux de graisse, l'optimisation du rapport poids-puissance. Booster le moteur, alléger la carlingue, tu connais. Pile ce que je cherchais à entendre sans vouloir gratter la chose. Cela aussi, tu connais, on se sent attirée de manière irrésistible sur un drôle de terrain…

— Vos pilules étaient bleues, grises ?

— Aux États-Unis, démocratie oblige, elles sont toutes blanches : stéroïdes, diurétiques, bien sûr. Le toubib m'a suivie cinq ans, jusqu'aux Jeux. À mon écoute jour et nuit, attentif à tous les signaux. Il ne m'a jamais poussée. Je n'ai connu aucun malaise. C'était un orfèvre, aucun de ses patients ne s'est fait attraper.

Sue dévisagea Tatyana :

— Si je comprends bien, à Helsinki, nous étions toutes les deux chargées comme de jolies mules ?

Elles décidèrent que cela s'arrosait.

LE SOLEIL CONSUME L'HIVER

Les pluies d'automne passèrent en coup de vent, cette année-là. À peine jaunies ou rougies, les feuilles se détachèrent des branches pour disparaître dans les rafales. Au lendemain d'une nuit de coton, privée de lune et d'étoiles, une neige épaisse engourdit le jardin, la rue et, au bout, la plaine jusqu'au pied des montagnes.

Dans la maison, la chaleur du poêle aurait peu à peu rétracté l'existence de Sue si elle ne s'était efforcée d'accompagner Tatyana au village tous les matins. La neige dans le petit bois les incitait à piquer des sprints et se défier par des sauts qui s'achevaient en roulades dans la neige. Les passants ne s'étonnaient plus de croiser les deux femmes dans les congères salies par les pots d'échappement de la grande rue, ou qui déambulaient au bazar. Ils étaient accoutumés aux extravagances de Tatyana, leur championne, et ils s'amusaient du chapeau kirghize sur la chevelure de l'Américaine. Parfois, des filles cédaient à la curiosité et venaient la questionner. Au Song Kul Restoran, des maquignons tentaient de lui vendre des brebis. Bons perdants, ils lui offraient des vodkas.

En sortant, Sue se rendait parfois au café internet, jamais bien longtemps. Sa marotte était de regarder la météo en Arizona et les résultats des Arizona Cardinals, mais parfois elle s'attardait pour raconter sa journée à Earl et à Sam. Elle les abreuvait alors de nouvelles de Kochkor ou de considérations sur l'élevage et les caprices de la montagne. Un jour, elle obligea Tatyana à retrouver la trace de son pianiste sur Google. Mikhaïl Skibine a enregistré, à la Deutsche Grammophon, la quatrième sonate de Bach avec Oleg Kagan, et quatre merveilleuses *Rhapsodies hongroises* de Liszt. « La quatrième ? Il ne la jouait jamais », s'étonna Tatyana. Au Carnegie Hall, il a triomphé sous la baguette de Claudio Abbado, et à Vienne, Tokyo, partout, en particulier avec le troisième concerto de Sergueï Rachmaninov. Victime d'un infarctus, il ne voyage plus et dirige le conservatoire Tchaïkovski. Sur la photo, on le voit, visage las, recevant des honneurs en smoking sous les lustres d'un palais. Son épouse grassouillette, coiffée d'une choucroute platine, le couve d'un regard angélique. Les deux femmes éclatèrent de rire.

Tous les moments de gaieté étaient bons à prendre pour faire oublier à Sue les signes visibles de son mal : élancements au ventre, brusques somnolences, crispations incontrôlables du visage. Lors des crises, elle se nourrissait de *plov* grillé et de biscuits qu'elle badigeonnait de confiture. Toute la journée elle sirotait du koumis et de la vodka, avec qui elle fit ami-ami pour ses vertus apaisantes. Tatyana concoctait des tisanes ; parfois, au plus fort de douleurs, elle lui faisait avaler un bol d'un liquide qui l'endormait immédiatement.

Un après-midi, un soleil éblouissant la réveilla d'un long sommeil. Dehors, la neige ruisselait, les arbres dégoulinaient, les oiseaux sautaient de branche en branche. Sue trouva Tatyana dehors en train de remplir des sacs.

— La montagne nous attend ! Ravitaillement des bergers. Mon père doit s'agiter, la gorge sèche.

Son doigt désigna des cubitainers de vodka à porter dans la voiture. En marche pour rejoindre leurs aînées sur les pâturages d'estive, les troupeaux de jeunes bêtes encombraient l'étroite piste qui s'enfonçait dans la forêt, obligeant Tatyana à se détourner sur une autre qui s'élevait puis tournoyait au-dessus d'une vallée. La croûte fondante de la neige brillait sur les pentes, Sue découvrait la nature en train de se dégourdir dans la frénésie. Elle frappa des mains d'enthousiasme au bas d'une prairie de crocus qui, sous le faisceau d'un soleil rasant, enflammait la montagne de violet.

— Le soleil consume l'hiver, plus de temps à perdre, dit Tatyana qui montra des marmottes argentées, pattes sur les hanches devant leurs terriers, se demandant par quel bout commencer le grand nettoyage de printemps.

Sue aperçut un vol de canards en chevron, elle sortit la tête jusqu'à ce qu'ils disparaissent. Peu à peu, les parois montagneuses se rapprochèrent, plus hautes, plus autoritaires, Tatyana laissa Sue s'imprégner en silence de leur puissance. La piste s'aplatit soudain pour filer droit, aussitôt le paysage s'évasa sur des prairies vallonnées. Au loin, en trajectoires parallèles, des cavaliers au trot poussaient des troupeaux de chevaux. Tout semblait si serein.

La piste mourut au bord d'un lac miroitant qu'une brise, dont on entendait pourtant les chuintements sur l'eau, ne parvenait pas à rider.

— Ce bleu ! s'exclama Sue.

— Bleu comme le ciel d'aujourd'hui. Gris comme le ciel gris demain, ou sombre comme le ciel sombre. Song Kul est un miroir. Une bergère s'y dissimule, elle est en fuite pour échapper aux violences d'un khan.

— Tu me raconteras.

D'antiques Lada étaient stationnées sur la berge. Assises dans l'eau jusqu'au nombril, des familles barbotaient bravement en chantant des ballades. Ces Russes en virée, trop ventrus et contents de l'être pour se montrer sensibles au froid, agitèrent une bouteille de vodka et invitèrent les deux femmes à les rejoindre. Quand la bouteille fut vide, les deux filles prirent possession d'une yourte au fond de la prairie. Sue se glissa à l'intérieur d'un amoncellement de peaux, Tatyana partit en quête de bois mort, fit cuire des galettes en chantonnant. Lorsqu'elle entra dans la yourte, deux verres de vodka à la main, elle trouva Sue endormie, repliée sur elle-même.

Le tonnerre embarqua Sue dans un cauchemar qui revenait souvent dans son mobile home, sans qu'elle eût jamais compris quelles circonstances particulières le déclenchaient. Des gens la regardent, elle se trouve dans une belle demeure, au milieu d'un salon ou d'un jardin, en tout cas un endroit animé par le tumulte d'une fête. Les gens, pas toujours les mêmes, mais connus d'elle, se moquent pendant qu'elle fait semblant de chanter à tue-tête. Elle s'aperçoit qu'elle est nue, ne comprend pas pourquoi, s'en trouve très gênée, ne fait rien pour se vêtir ou se cacher, elle déclame et titube, d'autres personnes assistent à la scène, inexpressives.

Le fracas de la foudre toute proche l'en arracha. Tatyana se tenait assise en lotus sous la lumière indécise d'une lampe à pétrole. Sue ne parvint pas à saisir son regard et se dit que la pénombre empêchait probablement Tatyana de remarquer qu'elle était en nage. Tatyana lui tendit du thé.

— Nous sommes arrivées à temps, non ?

— Ah, bon ? répondit Sue qui sursautait à chaque coup de tonnerre.

— Tu voulais savoir quand les troupeaux viendraient ? Ils ne vont pas tarder.

— Bon Dieu, elles ne font pas dans la discrétion, tes brebis !

— Quand la montagne en a marre de se faire peler par les brebis, elle appelle l'orage pour les chasser en bas.

— Quand ton amoureux pianiste t'a plaquée, tu t'es sentie honteuse ?

— Je ne sais pas. Dévastée, comme je t'ai dit, encore un peu aujourd'hui. Paniquée. On s'aimait, il aimait avec une noblesse russe, comme tout ce qu'il faisait. Certainement je me suis sentie honteuse, mais de quoi ? Une fille de montagne à moutons repoussée par un artiste moscovite ? Mes bobos de santé qui me jouaient des tours ? Tout s'est soudain mélangé. Le pire a été de ne plus sauter aussi haut qu'avant. De ne plus être à la hauteur, comme on dit. Ça ne m'a pas déprimée, rendue furieuse encore moins, ça m'a minée.

— On vous culpabilisait, chez les communistes ? Punitions publiques comme à l'école ?

— La punition, c'était la fin des privilèges. Chez les communistes, rien ne comptait plus que les privilèges. Une existence sans files d'attente devant les boutiques, sans avoir à partager son appartement avec une famille, à l'aide de rideaux. La Lada, les permis de voyage. On m'a repris mon appartement sur Leningradsky Prospekt. Je suis revenue ici.

— Le regard des autres t'a minée ?

— Non. Bien sûr, il n'a plus été le même, à un certain moment. Plus méchant, dans le vestiaire surtout…

— À Helsinki, tu nous as trouvé des yeux méchants ?

— Qui en avaient marre de me voir, c'est sûr. En plus, vous aviez une puissance musculaire incroyable. La Kreuzer avait des jambons à la place des cuisses. Toi, les tiennes se détendaient comme des ressorts. Celles de la Roumaine, n'en parlons pas : des poteaux de force brute. Tout le monde a compris à ce moment-là que mon saut en voltige ne suffirait bientôt plus. Ils m'ont débarquée peu après, comme d'autres avant. Nous avions servi, nous devenions compromettantes.

— Ton Parti communiste n'aurait pas supporté que tu te fasses battre par une Américaine ?

— Bof, sans vouloir t'offenser, Sue, ça ne les aurait pas fait marrer, mais le pire aurait été qu'une Roumaine me marche sur la tête, ou pire encore, une Allemande de l'Est.

— Une Allemande communiste ?

— Tu ne peux pas imaginer. Même moi, je ne sais pas comment je l'aurais vécu. Mais ce qui m'a vraiment minée, c'est la sensation que la barre allait devenir un obstacle, une chose posée là pour m'empêcher de rigoler. Plus de plaisir à l'enrouler, j'en aurais souffert. Quand j'y repense, que n'aurais-je pas accepté pour gagner deux ou trois centimètres et ne jamais envisager ça dans ma tête. Pas toi ?

— Oh, moi, je n'ai pas attendu d'avoir à y penser, trop la trouille du retour sur terre. Ma hantise a été de décevoir, pas d'être menacée sur un sautoir. Cette hantise vient avec l'âge, je crois. Gamine, on déteste perdre, genre chipie capricieuse, mais ça s'arrête là. Décevoir est autre chose, ça aurait été trop compliqué pour moi. Après avoir vécu ces moments euphoriques, à Los Angeles, l'idée de ne plus répondre aux attentes des autres m'aurait flinguée. Je m'étais trop habituée à être aimée…

— Admirée…

— Aimée de tout le monde. Je souriais et rigolais toute la journée pour être aimée. Alors, là-haut sur mon petit nuage, une médaille d'or autour du cou, j'ai tout lâché d'un coup. Je n'ai plus osé prendre le risque de rater. Plus un saut après Los Angeles, tu t'en rends compte ? Même un dimanche matin, dans un stade désert, je n'ai pas tenté une barre pour m'amuser. Badaboum, l'arrêt a été trop brutal, je me suis fait mal en tombant. À qui en as-tu parlé ? De tout ça ?

— À personne.

— Moi non plus.

— Mes parents se seraient sentis coupables. Je n'ai pas voulu gêner Maïa, mon entraîneuse. Elle m'a tellement donné ! Il n'y a pas très longtemps, un journaliste est venu jusqu'ici m'interroger. Il s'appelle Frédéric, je t'en ai parlé dans ma lettre.

— Je me souviens.

— La précision de ses questions a remué trop de mauvaises pensées. Je me suis tout d'un coup sentie salie, je l'ai stoppé. Toi, après avoir arrêté ?

— J'ai tourné des pubs, mangé beaucoup de céréales à la télévision, animé des concours de beauté. Je me suis éclatée. Des fêtes énormes, je dois dire, en Arizona, dans des lofts à New York, j'ai même été invitée à Hollywood. Je m'envoyais en l'air avec des mecs qui voulaient baiser celle qui sautait le plus haut au monde.

— C'est marrant.

— Rien de triste. J'aimais être désirée vite et fort. Je les prenais larges, mais plus petits que moi. Les mecs me voulaient pour ma hauteur, ils devaient me voir d'en bas, quand ils s'allongeaient sur moi ou quand je m'accroupissais sur eux. Vois-tu ce que je veux dire ?

— Je vois assez bien, dit Tatyana.

— Je respirais la joie, telle qu'on me voulait. Donc, je buvais. Mes amis me détestaient ivre, mais ils souhaitaient me voir radieuse. Épuisant.

Sue s'éveilla en sursaut, immédiatement aux aguets, ouvrit des yeux prudents, certaine d'être cernée de tous côtés. Cette fois, c'était du sévère. Se sentant une âme guerrière dans la montagne inconnue, elle rampa sur les tapis, souleva le feutre de l'ouverture. Des moutons jusqu'à l'infini paissaient sans bruit. Marron, parfois noirs, ils portaient leur lainage d'hiver, emmêlé et graisseux. Une brebis s'approcha d'elle pour lui flairer les cheveux de son museau humide, bêla un petit rire. Elle sentait bon l'herbe et la laine fraîche. Le soleil au-dessus des cimes promettait une journée mi-printanière, mi-estivale. La curiosité de Sue ne résista pas à une bienheureuse paresse et elle se rendormit dans l'herbe.

Son sommeil serein fit plaisir à Tatyana. Plus tard, le hennissement d'un cheval lui fit ouvrir les yeux.

— Bonjour, beau gris ! Aussi tacheté qu'un appaloosa.

— Tu montes à cheval ? demanda Tatyana.

— Eh ! Je suis de l'Arizona. À huit ans, je galopais dans le désert avec mon frère. On coursait les coyotes. J'ai été marraine de rodéos, à Phoenix et à Wichita, à Abilene. Santiags rouges, gilet à franges, stetson, et la médaille autour du cou. Tu m'aurais vue ! Un poivrot m'a volé les photos.

À peine montée sur la selle en laine, elle ne put retenir un cri de surprise.

— C'est du jus ! dit-elle en tâtant sur ses jambes son pantalon déjà trempé de la transpiration du cheval. Elles partirent en un galop ample, droit sur le troupeau, se moquant de leurs manières respectives de monter, jusqu'à la rive du lac qui s'offrait, bleu. Aussi essoufflées que leurs chevaux, elles entrèrent dans l'eau.

Au fil des jours, elles établirent un circuit. Il traversait la prairie où elles zigzaguaient entre les moutons, bifurquait vers une enfilade de collines, dont le terrain ondoyant les faisait jubiler, d'autant que les chevaux, grisés d'un vent vif, se défiaient au triple galop. Elles descendaient de selle sur un pan de prairie incliné, laissaient brouter les bêtes et s'allongeaient dans l'herbe.

Le soleil leur venait de face. Des rochers devenus familiers les abritaient les jours de grand vent. À cause d'une spécificité de l'herbe, due à la géologie du sol, expliqua Tatyana, les chevaux avaient accaparé cette prairie au détriment des moutons. Les poulains se taquinaient et caracolaient ; les juments galopaient, pas mécontentes de leurs crinières bouffantes, parfois se houspillaient à coups de dents ; debout sur leurs jarrets, les étalons rivalisaient de ruades pour impressionner les dames. Sue et Tatyana les commentaient sans se lasser.

Un après-midi de brise, sous un soleil doux, Sue, qui regardait des nuages foncer haut le ciel, demanda :

— Helsinki, tu y repenses, parfois ?

— Non. Ou plutôt si, depuis que tu es ici. Jusque-là j'avais zappé. Pourquoi tu me demandes ça ?

— Je ne sais pas. C'est sans doute cette brise qui m'y fait penser.

— Curieux que tu l'aies remarquée aussi, cette brise. Elle est incroyablement sympathique, non ?

— Une question m'a toujours intriguée : pourquoi diable tu as refusé la barre à 2,04 mètres ?

— Chez nous, les Coréens, le chiffre 4 porte malheur. Mais les nougats gluants portent bonheur.

— C'était ça ?

— Oui. Toi, ton gri-gri, pour sauter si haut ? Tu passais à la cheville un bracelet en peau de serpent à sonnette de ton désert ?

— Moi, je portais la même petite culotte que le jour où je suis devenue championne des États-Unis.

— Ah ! Difficile de lutter contre ça !

BRISE SUR HELSINKI

S'il est des jours où l'on peut parler d'un temps édénique, celui-ci en était un. Une lumière d'une rare clarté, tiède, privilège des étés scandinaves, baignait Töölö, un quartier boisé d'Helsinki, en ce début d'après-midi. D'autant qu'une brise profitait de l'architecture très évasée de l'Olimpiastadion, stade de l'après-guerre, pour tournoyer autour des gradins jusqu'à la pelouse.

9 août 1983, dernier jour des championnats du monde : finale du saut en hauteur femmes. Dans la chambre d'appel, les championnes, rivées depuis un moment sur deux bancs face à face, cherchant chacune à sa manière où poser son regard, tantôt fixe, tantôt furtif, se lèvent d'un bond au signal et saisissent leur sac. À leur entrée dans l'arène, quatre-vingt mille spectateurs les ovationnent et invoquent en leur for intérieur les déesses du stade pour ce magnifique moment qui leur est promis.

En tête, Rose Dickinson, qui va conclure ici une formidable carrière, a osé de longs faux cils de biche assortis à un sourire Barbie. Derrière elle, sa vieille copine Maria Magnani affiche sa gravité sarde, accentuée par des cernes et par la psalmodie de ses lèvres car, tôt le matin, observant de drôles d'oiseaux dans le parc de la résidence italienne, elle a pressenti un concours tragique. Néanmoins heureuse d'être là, elle répond d'une main amicale aux encouragements qui jaillissent à leur passage. La Roumaine, Elena Miriciociu, révélation depuis son étonnante performance à Constantza quinze jours plus tôt, lève haut le menton, serre son poing, confiante, peut-être arrogante, ou prise de trac.

Comme d'habitude, on remarque la taille plutôt modeste de Tatyana Izvitkaya, championne olympique à Moscou, virtuose depuis tant d'années, mais dont la disparition lors des meetings de printemps a suscité des rumeurs. En l'absence de sa compatriote Ute Bausch, figure légendaire mise à la retraite au lendemain de sa défaite à Moscou, l'Allemande Isolda Kreuzer paraît esseulée entre la Canadienne Yvonne Fortin et la Belge Jannetje Bogaerts qui bavardent comme si de rien n'était. Une grande Américaine, Susan Baxter, ferme la marche. Après de longues tergiversations devant le miroir du vestiaire, elle a libéré ses cheveux sur ses épaules. Un sac aux couleurs sudistes en bandoulière, avec son allure d'adolescente attardée, n'hésitant pas à répondre aux hourras, elle promène ses yeux ravis, à droite, à gauche, sur le stade.

Le sautoir se dresse près du virage ouest. Les filles posent leurs affaires en rond autour de l'aire d'élan. Rose sort de son sac des serviettes et une trousse de toilette, Isolda fouille fébrilement à la recherche d'un objet oublié ; elles s'éparpillent sur la pelouse au petit trot. En une série de bonds, la Roumaine exhibe ses jambes puissantes.

Tatyana s'allonge sur l'herbe pour recevoir la caresse du soleil. Elle se régale de ce moment. Son mauvais printemps ne l'inquiète pas. Elle sait que le staff soviétique travaille à sa succession, dans un centre à Tsakhkadzor, quelque part en Arménie, avec deux jeunes, ukrainienne et estonienne, mais ces championnats du monde sont les siens. Rien d'extérieur au petit carré de pelouse autour du sautoir ne peut plus influencer le cours des choses. Elle se doute aussi que les manifestations indépendantistes à Bichkek avivent la suspicion des agents en costume beige, dont deux au moins ont pris place près du sautoir. Cela ne la perturbe pas. Elle a franchi 2,09 à deux reprises à l'entraînement, elle en frissonne en y repensant, elle en conserve la sensation dans la peau.

Elle aime ce stade évasé vers le ciel, elle s'est toujours sentie bien au milieu de cette foule finlandaise, bon enfant et hyper compétente, dénuée d'a priori ; elle est impatiente d'affronter enfin la Roumaine dont on lui vante la force ; l'Américaine l'intrigue encore plus, elle ne sait rien de son saut, mais sa jubilation à être là, le tempérament malicieux qu'elle a deviné dans le vestiaire l'intriguent.

Leur jeunesse l'indiffère. Tatyana sait que la répétition a altéré l'élasticité de ses muscles au fil des sauts, et que l'agilité de sa course d'élan l'avantage moins désormais. Mais elle se fiche de l'usure du temps, son corps l'intègre, son mouvement s'adapte et c'est pourquoi, sur une suggestion de Maïa, elle a décidé de ne débuter qu'à 1,95 mètre, de faire l'impasse sur la première moitié du concours, un risque inédit sur un sautoir qui l'excite.

À peine la compétition commence-t-elle que de sombres nuages d'orage s'amoncellent, incitant les spectateurs affalés à se redresser sur leur siège.

Deux heures plus tard, le ciel s'est encore noirci lorsque la barre est posée à 1,95 mètre. La tension a déjà provoqué des ravages parmi les championnes, seules la Roumaine Elena Miricіociu et l'Américaine Sue Baxter restent en compétition. Tatyana Izvitkaya décide d'y entrer enfin, elle pose son survêtement sur le banc, les sauteuses éliminées s'approchent, impatientes : bluff, baroud, tente-t-elle une ultime bravade ?

Tatyana sourit à la barre. Elle se déplace de deux pas vers le centre pour arrondir sa trajectoire. La fluidité de son mouvement pour s'enrouler très au-dessus dissipe les rumeurs. Sue Baxter, qui la voit sauter de près pour la première fois, n'en prend pas ombrage. Elle aussi franchit la hauteur à son premier essai. À l'inverse d'Elena Miricіociu qui, souveraine jusque-là, se crispe, précipite son élan, gâche deux fois sa projection dorsale et ne passe l'obstacle qu'au troisième essai.

1,98 mètre. Assises dans l'herbe, Sue et Tatyana attendent à nouveau la troisième tentative de la Roumaine. Tatyana sait que toutes deux pensent la même chose. Cette Elena n'est pas au diapason du final de ce concours, elle est de trop.

La piste un brin sableuse ne favorise pas sa course puissante. Son visage se durcit, sa puissance va la trahir. Les ratés apparus à l'entrée en lice de Tatyana se répètent, son dos refuse l'arc autour de la barre, ses enchaînements se grippent. Sa seule force ne peut lui permettre de s'élever plus haut aujourd'hui. À 2,01 mètres, en effet, après que ses jambes ont accroché la barre aux deux premiers essais, ce sont ses épaules qui la heurtent de plein fouet. Trop rageuse pour être déçue, trop orgueilleuse pour entendre les vivats, elle s'en va la tête haute, poitrine bombée, à pas lents pour que la foule en prenne acte, accrochant son regard au tunnel de sortie afin de ne pas voir Tatyana s'enrouler, éthérée, autour de la barre.

À 2,01 mètres, Sue tape à deux reprises avec ses mollets. Elle se moque d'elle-même en se relevant, s'asticote, pas d'irritation. Elle évacue sa contrariété d'un geste, en secouant ses cheveux sur ses épaules, à droite, à gauche. Elle sait que son corps a entièrement franchi la barre avant de commettre ces deux fautes de relâchement prématuré.

Durant l'hiver, Sam et Sue ont travaillé la précision de la rotation du corps, son point faible. Elle a accepté un traitement coupe-faim afin de perdre quatre kilos et de stimuler sa propulsion aérienne sans entamer son explosivité. Les tests télémétriques du laboratoire soulignés par Sam au crayon de couleur sont formels et, avant qu'elle ne se recueille pour son troisième essai, il vient le lui rappeler, les deux mains posées sur ses épaules, les yeux dans les yeux. Elle acquiesce, confiante, baisse les paupières, se plonge dans la mémorisation des gestes.

Alors, immobile face à la barre, au moment d'inspirer un grand bol d'oxygène, elle croise le regard de Tatyana. Elle sursaute presque. Pas de doute, la Soviétique lui fait un discret signe de la main. C'est le premier signe qu'elles échangent. Déstabilisée, Sue s'apprête à l'ignorer. À l'évidence, elle l'incite à reculer. Reculer ? Pourquoi. Reculer ! Bien sûr, elle s'est trop avancée. Une pointe d'euphorie la pique parce que cette indication de la Soviétique conforte la sensation non formulée depuis plusieurs essais qu'elle raccourcit et brusque par conséquent sa course d'élan. Elle emplit d'air ses poumons, creuse son ventre, souffle et recule d'un grand pas. Repère ses nouvelles marques sur la piste. Elle s'élance – premières foulées idéales –, accélère et s'élève, s'enroule, culbute sur le matelas sans effleurer la barre. Le public est debout, l'équipe américaine hurle en agitant ses drapeaux. La mimique de Sam la convainc de ne pas communier avec cette excitation, de s'abstraire de sa performance. Ne pas goûter à la satisfaction. Rester austère dans le concours. Deux athlètes à 2,04 mètres : c'est inouï. Malgré la touffeur de l'air, Sue enfile son survêtement comme une manière de dissimuler une émotion qui pourrait la trahir.

Plus un souffle de brise, la lumière blêmit. La barre posée à 2,04 mètres, personne dans le stade, hormis Maïa, ne peut croire à la scène qui se déroule près du sautoir. Tatyana s'adresse aux juges, leur donne des explications, on devine qu'elle fait l'impasse à cette hauteur et reporte ses trois essais pour la suivante. Incrédules, les juges tentent de la ramener à plus de sagesse. Un coach soviétique se précipite, Maïa lui bloque le chemin des deux mains. Un brouhaha d'exclamations parcourt les travées au fur et à mesure que les spectateurs comprennent l'objet des conciliabules. Dans le clan américain, on croit à un abandon, on se congratule ; puis à une entourloupe, et on siffle.

Alertée, Sue s'approche à son tour des juges qui l'invitent à se préparer pour son premier saut. Sue ne parvient pas à entamer son rituel de concentration, à se placer. Elle voit le sautoir, puis s'entend annoncer aux juges qu'elle aussi fait l'impasse sur cette hauteur. Cela est dit sur un ton désinvolte. À Sam, qui gesticule des bras, elle répond d'un haussement d'épaules fataliste. Abasourdi, le clan américain se fige. Chez les Soviétiques, des apparatchiks ne peuvent dissimuler leur fureur. On se calme. Sue évite de regarder Tatyana, seulement Isolda Kreuzer et Rose Dickinson qui, à voix basse, devisent sur cette double impasse historique.

2,07 mètres, donc. Deux centimètres plus haut que le record du monde. La délégation soviétique s'est avancée, imposante ; les Américains lui ont emboîté le pas en criant à tue-tête, ils croient au pouvoir du bruit. Tous les athlètes en lice dans les épreuves de la journée dessinent un cordon autour du sautoir. Dans les gradins, la foule finlandaise se lève et, sans un mot, frappe en rythme dans ses mains.

Sue va sous la barre pour jauger la hauteur au-dessus de sa tête, en revient avec une moue comique. Elle se tourne pour recevoir un baiser mouillé des lèvres de son fiancé, puis s'approche de Sam. Ils se murmurent des banalités : il lui dit qu'il l'a vue monter à cette hauteur au tour précédent et qu'elle va donc recommencer, puis il la renvoie vers le sautoir d'un coup de casquette sur les fesses.

Son regard croise celui de Tatyana tirant un nougat gluant de son sac, qui le lui tend. Surprise, Sue refuse. Il y a longtemps, elle a lu dans le *New Yorker* un reportage consacré à Tatyana qui évoquait ces nougats gluants, sans qu'elle se souvienne de leur raison d'être.

C'est à son tour. Elle réajuste à deux reprises une course d'élan qu'elle freine près du sautoir ; chaque fois, elle trouve des marques impeccables. En retirant son survêtement, elle jubile de sa témérité, de sa bêtise plutôt, savoure d'être dans l'impossibilité de retarder le moindre geste, aucune dérobade possible. Elle s'immobilise, frissonne, muscles à fleur de peau. À trois enjambées de la barre, elle sent son buste s'incliner à peine vers l'avant, puis se redresser à la perfection juste après, son pied d'appel frappe le sol sans dureté, ni trop vite ni trop lentement, sans s'écraser, ni perdre de la force, ses épaules engagent une courbe, son bassin monte haut. La synchronisation du fouettement de ses mollets l'électrise. Avant le soulagement que procure le toucher simultané de ses deux omoplates sur le matelas, elle sait qu'elle l'a franchie, elle éprouve une indicible joie à entendre le vacarme.

Un an plus tard, à Los Angeles, elle passera cette hauteur. Ce jour-là, dans l'ambiance quasi hystérique du Coliseum, elle bondit sur le matelas les bras en l'air, mue par le plaisir sauvage de la victoire qui soulève la foule, elle boucle un tour de piste dingue tirant Sam par la main, revêtue du drapeau américain. Elle affronte, radieuse, une meute de cameramen et de photographes qui se ruent sur elle, éclate de rire aux hurlements du speaker, « Sue, Sue, Sue, Hourra ! », repris par le public. Pour finir, elle reçoit sa médaille d'or des mains de Dick Fosbury, pleurant aux premières notes de « Star-Spangled Banner ».

À aucun moment, toutefois, elle n'éprouvera cet exquis bonheur d'Helsinki, ne ressentira la magie d'un saut idéal : ni parfait, ni héroïque, ni incompréhensible comme tant de prouesses athlétiques, simplement le saut, intime, qu'elle a vécu en rêve.

Tatyana engloutit son nougat, part aussitôt en longues foulées sur l'herbe. Maïa se tient debout, de biais, un mètre à gauche du sautoir, immuable. Pas plus que Tatyana, elle ne prête attention à l'emballement que suscite dans le stade la performance de Sue. Elles paraissent soudain très seules. Tatyana retire son survêtement qu'elle plie sur le banc. Au contraire de Sue, elle ne vient pas renifler la hauteur par-dessous, elle la sent d'où elle se trouve. Elle ne veut pas que sa plus petite taille donne plus de grandeur au défi. Elle s'immobilise, sa main éloigne des moucherons condensés par la lourdeur de l'air. L'arène se fige, Tatyana chatouille le sol de la pointe de son pied d'appel, insiste et s'élance. Son bras droit gâche le premier essai. Au moment de se projeter dans les airs pour tracer l'arrondi du corps, il heurte stupidement la barre. Une bourrasque soulève une poussière de sable, qui l'oblige à retarder sa deuxième tentative. Cette fois, dans le prolongement de la main parfaitement lancée, le bras dessine une gracieuse courbe, le corps s'enroule, très haut, nettement au-dessus mais trop en avant de la barre, et les mollets retombent dessus. Quelques sifflets fusent du camp américain.

Maïa prend Tatyana dans ses bras :

— Saut magnifique, Tanyouchka, limpide. Splendide tempo, mais tu es trop gourmande. Tu veux survoler une montagne, ce n'est qu'une barre. Rappelle-toi ce que tu as dit à Balakchy quand tu as passé cette hauteur.

— Quoi ?

— « Ça m'a semblé enfantin. » Tu n'as jamais passé les barres en force.

Troisième tentative, une nouvelle rafale, Tatyana se reprend. Elle sort à une vitesse folle de sa courbe d'élan, mais au lieu de taper le sol du talon pour générer l'impulsion, elle l'effleure de la pointe, elle se laisse emporter dans les airs. Sa main et son bras s'élèvent en arabesque, le dos se cambre en un demi-cercle d'une élégance merveilleuse, Tatyana ressent la plénitude de l'envol, elle est plume, elle a le temps de penser à sa légèreté, vit au ralenti sa solitude dans les airs, au-dessus du monde. Complices, les jambes virevoltent. Elle chute à la verticale sur la nuque, souple, termine en galipette plus qu'en roulade. Elle entend les clameurs avant d'ouvrir les yeux.

Sue regarde la scène aux côtés de Sam, elle ne réprime pas son admiration, se sent très troublée aussi, mais pas du tout déçue d'être contrainte à revenir dans le concours. Elle comprend simplement qu'il lui faut tout oublier, évacuer toute trace de réussite pour reprendre le duel de zéro.

Depuis un moment, personne ne prête attention au ciel ténébreux. Une fulguration bleu électrique le zèbre sur toute sa longueur. Au fracas du tonnerre, le public se rue vers les sorties, poussé par de violentes bourrasques. Une deuxième étincelle déchire les nuages noirs qui lâchent des trombes d'eau. Les éclairs se croisent et se succèdent, très vite une nappe d'eau recouvre la pelouse.

Les délégations sportives se réfugient dans les bâtiments du stade. Des grêlons crépitent contre les vitres, le tonnerre roule en s'éloignant, des averses noient le stade jusqu'au crépuscule.

Dans le salon de l'hôtel, Sue était allongée sur un sofa, la tête posée sur les genoux de son compagnon ; Sam, une bière à la main, bavardait dans le clan des sauteurs. Nonchalante, l'équipe américaine attendait le verdict. Drapeaux et bannières tapissaient les murs, un orchestre jouait de la country finlandaise, l'équipe américaine fêtait ces championnats heureux autour d'un barbecue de renne. Lorsque le chef de la délégation fit irruption dans la salle, Sue devina à son clin d'œil une bonne nouvelle. Il monta sur une chaise, agita son stetson :

— La commission arbitrale des championnats a délibéré. Après lecture des mauvaises prévisions météorologiques pour demain, les épreuves non disputées aujourd'hui ne sont pas reportées. Donc sont annulées. Concernant le saut en hauteur, Susan Baxter et Tatyana Izvitkaya, à égalité parfaite au nombre d'essais sur le concours, ne sont pas départagées. Deux championnes du monde ! *Let's sing and drink, folks !* Mais d'abord, un immense hourra pour Sue, une fantastique championne ! Notre star ! Et recordwoman du monde. Plus de trente ans qu'on attendait. Quelle damnée claque elle leur a foutu !

Au restaurant du campus universitaire, lieu de villégiature de la délégation soviétique, l'atmosphère s'imprégnait des effluves d'airelle d'une vodka finlandaise que se versaient les staffs et les athlètes en trinquant, un verre dans chaque main. Ici aussi, des drapeaux ornaient la salle, rouges. Des chants plus anciens étaient repris en chœur, mélancoliques malgré la gaieté de la soirée. Dans un coin se tenait la petite communauté asiatique où Maïa et Tatyana, déjà pompettes, répondaient aux toasts en leur honneur comme elles pouvaient, sans dissimuler leur émotion. À son entrée dans la salle, le ministre des Sports, suivi d'un aréopage, se dirigea vers elles, les embrassa tendrement.

— Maïa, mission accomplie. Âpre concours, glorieuse victoire. Bravo. Le Parti t'est reconnaissant. Moi, je sais par où tu es passée et t'embrasse du fond du cœur.

Il lui colla encore un baiser, vida son verre, s'en fit remplir un autre à ras bord et se tourna vers Tatyana :

— Tatyana, Tanya. Le peuple est fier de toi et il t'aime. Depuis si longtemps tu nous tires vers le haut. Ta technique nous vaut des frayeurs terribles, des pleurs, tu es formidable. Nous aimons ces exploits. Ils nous soulèvent, nous emplissent d'enthousiasme. Cette Roumaine, comment tu l'as démolie ! Bravo et encore bravo. À Los Angeles, on aura besoin de combattantes comme toi.

On leva les verres, hilares, mais sans illusions, car le calendrier des stages des athlètes pour l'année à venir ne laissait aucun doute sur un boycott des Jeux à l'été.

RANDY AND HEATHER

La canicule blanchissait l'air dans les rues de Bichkek. Au loin, au ras du bitume de l'avenue, une brume tremblait. D'un même geste, Randy et Heather Wayne sortirent leurs lunettes de soleil, comme plus tôt à l'hôtel ils avaient enfilé des bermudas jumeaux et des sandales de marche. Randy portait le sac à dos, Heather prenait en main les cartes. Ils descendirent l'avenue Togolok Moldo pour aussitôt sortir leur appareil photo face à la statue de Manas qui, debout sur ses jambes phénoménales, barbiche au menton, chapeau pointu sur la tête, portait son pur-sang sur une épaule afin de ménager sa fougue avant la bataille. Ils prirent l'avenue Chuy, rafraîchie par des rangées d'arbres sous lesquels, à l'ombre de leurs parasols, souriaient les marchandes de glaces, faisant halte sur les marches du Musée d'histoire naturelle, puis au pied de la statue Kurmanjan Datka. Ils avançaient à pas retenus, ralentis par le souffle court de Randy. Sur l'immense place Ala Too, éblouissante sous la lumière crue de la mi-journée, ils s'assirent sur le bord d'un bassin dans lequel ils plongèrent leurs pieds, se laissant asperger par la bruine d'un jet d'eau.

— Nous y sommes, Randy. Et maintenant ? demanda son épouse.

— On se promène, non ?

— D'accord, prenons notre temps. On a tellement attendu. Inutile de nous bousculer.

Randy embrassa son épouse. Ils flânèrent dans un parc. L'énorme silhouette de Randy, ventrue, surmontée d'un cou épais, main dans la main avec son épouse menue, amusait les familles qui pique-niquaient et les jeunes qui disputaient des tournois de ping-pong en chahutant. Ils marchèrent jusqu'à l'université américaine pour se prendre en photo aux côtés de Karl Marx et Friedrich Engels qui devisaient en bons camarades sur le banc de bronze et déambulèrent, par étapes de plus en plus courtes, pour se poser à la nuit, épuisés, sur un tronc au bord de la rivière.

Le lendemain matin, ils pensèrent le moment venu.

— Le Klub d'abord, ou le musée ?

— Le Klub.

Le taxi les arrêta devant une bâtisse ornée des cinq anneaux olympiques. On les pria d'attendre dans le hall où, tout autour sur les murs, les dévisageaient plusieurs générations de dirigeants, taillés en armoires à glace, dont les cous écartelaient les cols de chemise.

Le président du Klub ne tarda pas. À la vue de Randy, il poussa un cri et frappa dans ses mains pour ameuter ses collègues. Il fit servir du thé et des madeleines, après quoi il les invita à visiter les lieux. Il les guida à la va-vite le long des vitrines remplies de coupes, rubans et statuettes et, de plus en plus joyeux, les introduisit dans la galerie des portraits. En silence, dans une longue salle, en face-à-face sur les deux murs, cent cinquante ans d'haltérophiles de toutes tailles, bras volumineux croisés sur leurs torses massifs, les observaient. Les aquarelles du XIXe et les toiles à l'huile, typiques du symbolisme du début du XXe, attirèrent Heather. Randy fonça sur un portrait de Chabdan Orozbakov, plus grand que nature, isolé sur un mur, encadré d'un bois brut. Chabdan porte un costume blanc, une cravate dénouée. Il rit de bon cœur, le visage un peu incliné, comme s'il venait d'entendre une blague, la chevelure en bataille, contrairement à ses pairs. On a cousu un écusson kirghize sur un revers de sa veste et épinglé des médailles sur l'autre. En bas, à ses pieds, une plaque dorée rappelle les dates de ses cinquante-trois records du monde. Une vitrine, à côté, expose de prestigieux vases de porcelaine.

Voyant son mari figé face au portrait, Heather glissa son bras sous le sien.

— Voilà donc la moustache ! Elle est en effet superbe. Au fond, ça le rend jovial. Guerrier mais jovial, ou gentil, non ? Il la portait déjà à Gettysburg ?

— Je ne crois pas, je ne sais plus, si, si… Bizarre, de ne pas en être certain.

Le président du Klub s'approcha à son tour.

— Chabdan, notre ami. Des géants comme lui, on n'en verra plus. Il appartient à une autre histoire.

— Parce qu'il a été courageux ? demanda Heather. Parce qu'il a résisté aux Soviétiques ?

— Aux Soviétiques et aux Américains, si vous vous

souvenez bien, taquina le président. On n'en verra plus parce que personne ne lève la fonte comme lui. Des hommes forts, plus forts que lui, j'en ai connu, j'en connais. Ces derniers temps, j'ai vu Zadeh l'Iranien, un sacré client. Kakiasvili le Grec, Berestov, deux gaillards durs au mal. De superbes athlètes, des techniciens d'une justesse impeccable. Une poussée exceptionnelle. Ils accomplissent des performances inimaginables. Mais ils manquent d'haltérophilie dans les veines. Chabdan, lui, il l'incarnait. Les esprits de l'haltérophilie l'habitaient. N'importe quel profane se laissait enchanter par ses concours. Il aimait la fonte, il la respectait, il jouait avec. Il ne la matait pas, ne la craignait pas. Il lui donnait vie. On le raconte désormais dans l'épopée du pays kirghize.

Ils descendirent un escalier sombre, d'où montaient des ahanements et le son lourd d'haltères s'abattant au sol. On entrait dans une vaste salle d'entraînement aux murs vert pomme écaillés. Partout, des hommes trapus travaillaient sous les barres, peinaient sur des engins de musculation. Randy aspira à pleins poumons l'odeur de sueur et de camphre qui ruisselait des corps et se mêlait aux effluves plus âcres d'une transpiration fermentée au fil des années dans le caoutchouc des tapis.

Le président présenta tous les haltérophiles au couple américain. Puis un petit groupe d'entraîneurs et de dirigeants les accompagna à la cafétéria. On servit des biscuits, on porta des toasts de vodka au Kirghizistan, aux États-Unis. Le président demanda à Randy s'il était chrétien et, à la réponse positive, il dit :

— Je me permets tout de même de lever mon verre aux dieux de la fonte.

Randy leva son verre plus haut que tout le monde. Son interrogatoire débuta.

Il est né gros, il s'est toujours vu plus rebondi, plus massif que les enfants de son âge. Quand on formait les équipes, il était choisi en dernier parce qu'il ne courait pas assez vite et renversait ses équipiers comme ses adversaires au moindre impact, ce qui l'empêchait de briller au football ou au baseball. Mais à la high school, il se prit de passion pour le lancer du disque, son corps moins rond se durcit, révéla une inattendue mobilité, épousa la technique en rotation du lancer. Il réduisit de manière drastique les sucreries. À treize ans, il remportait sa première compétition contre des gamins de trois ans plus âgés. Sous les ordres d'un coach, il s'appliquait à travailler les gestes, à trouver le tempo dans le cercle du lancer ; au printemps, il défendit les couleurs de la high school, corps et âme, d'autant plus motivé que ses performances ne tardèrent pas à propulser l'équipe en finale du championnat du Missouri.

Au moment de solliciter une bourse universitaire, il pesait cent douze kilos. Des émissaires de la Missouri Baptist University l'approchèrent par le biais de sa paroisse : l'université lui offrait ses études s'il intégrait la toute récente section d'haltérophilie. La perspective de troquer short et maillot d'athlète contre une combinaison disgracieuse le fit hésiter. Il craignit surtout de se retrouver marginal comme avant. Mais la Missouri Baptist University, la plus prestigieuse au sein de sa communauté, méritait des sacrifices. Ainsi accepta-t-il de forcir en soulevant de la fonte dans une salle flambant neuve pour entreprendre des études et se rapprocher de Dieu.

Il n'avait jamais entendu parler de Chabdan Orozbakov avant de se colleter lui-même avec des haltères, parce qu'en Amérique on n'admire que les catcheurs, les footballeurs et les baseballeurs. Quand il reçut le *Weighlifter of the Year Award* à la fin de sa première saison, on lui parla pour la première fois d'un prodige inquiétant, pour le moins mystérieux, une sorte de Tatare ou de Mongol – en tout cas issu d'un peuple là-bas sur les montagnes d'Asie – dont la jetée explosive laminait tout sur son passage. On racontait qu'il s'entraînait en hachant des arbres, on l'avait vu porter un cheval sur ses épaules et soulever des rochers dans un torrent. Randy écouta ces histoires comme un conte barbare, car il ignorait où se trouve l'Asie centrale. Dans son esprit, ses futurs adversaires ne pouvaient être que blonds, communistes, cosaques ou germaniques.

Ses auditeurs kirghizes rirent, portèrent un toast aux dieux déchus du communisme et reprirent leurs questions.

Randy le vit à la télévision, aux Jeux de Montréal : un Asiatique moustachu grimpa d'un pas nonchalant l'escalier du plateau, à l'inverse des autres haltérophiles qui toujours précipitent ou freinent leur montée à l'approche de la barre. Il se frappa les épaules en huit gestes assez lents pour que Randy s'en souvienne, saisit la barre et, dans un mouvement d'une accélération sidérante, la projeta en l'air. Les caméras américaines ne s'attardèrent pas.

— Je ne sais pas si vous vous en souvenez, mais, ce jour-là, il soulève trente kilos de plus que notre champion, Doug Casals. Je ne l'ai affronté que deux ans plus tard.

C'était à Gettysburg, Pennsylvanie, aux championnats du monde de 1978.

Randy grignota quelques biscuits et se tut. Le président du Klub rompit le silence :

— Un concours grandiose, non ? En tout cas, Chabdan n'a jamais été aussi fort, il paraît.

— Pas du tout grandiose. À piétiner au fond d'un trou. Lui seul fut grand.

L'auditoire attendit que Randy reprenne.

Pourtant, à Gettysburg, personne ne raconte de souvenirs plus joyeux que cette fête au Bream Gymnasium, plus mémorable que les festivités du centenaire de la Bataille. Des drapeaux américains, mais aussi confédérés, allemands et suédois flottent autour de la salle. Les portraits des généraux George Meade et Robert Lee saturent les plafonds et les murs, en travers de la salle, des banderoles *Pennsylvania's women love the strong men !* répondent aux *Welcome to the Big Men !* Tel un ring, le plateau d'haltérophilie est surélevé au milieu du terrain de basket enrubanné de bannières et de dentelles tricolores. Le public s'enthousiasme pour les joutes quand le Suédois Ulf Gustavsson résiste au Turc Sezer Akdogan dans la catégorie des soixante kilos, surexcité quand l'Allemand Gerd Schiller l'emporte sur le Bulgare Kiril Semerdjiev et bien sûr déchaîné à chaque tentative d'un Américain.

Au septième jour, dans la grande avenue une fanfare de jazz-soul, suivie d'une parade de marionnettes géantes représentant des colosses, annonce l'entrée en lice des poids lourds, les plus de cent dix, voire cent cinquante kilos.

Épreuve de l'arraché : levée en un mouvement continu, gestes du corps synchrones, c'est le fondement de l'haltérophilie ; moment de gloire pour les techniciens, sculptés, souvent grands, naturellement cadencés dans leurs gestes. Plus que le Russe Vladimir Igunov, pourtant magnifique élève de l'école soviétique classique, l'Américain Randy Wayne excelle à cette épreuve. On ne se souvient pas de plus grand puriste dans cette catégorie lourde. De sa formation au lancer du disque, il a hérité la perfection du geste repris à l'infini. L'exactitude des mains sur la barre, la précision du placement des pieds, la verticalité du dos pour éradiquer les effets parasites, la trajectoire de l'haltère qui, du sol vers les airs, trace une ligne d'une fluidité digne d'un poids plume. On dit qu'il soulève juste, qu'il a le geste magistral. Dans la salle, des lasers illuminent ses portraits. Une standing-ovation accompagne sa présentation. Chacune de ses tentatives déclenche une ola dans le Bream Gymnasium, qui devine la sophistication de sa technique plus qu'il ne la voit.

Chabdan, lui, soulève fort, vite, rude ; il ne se défonce pas dans cette épreuve, se contentant d'accompagner ses adversaires. Ses apparitions déclenchent des broncas. À un moment, il interrompt son protocole de préparation afin d'observer les gueulards, mains croisées sous le menton, visage perplexe. Le souvenir émerveillé des Jeux de Montréal lui semblait bien lointain, ici à Gettysburg. Au Canada, le public était tombé sous le charme de celui qui allait devenir l'un des chouchous. Les hôtesses en tailleur fuchsia se chamaillaient pour le guider par la main lors de ses allées et venues. Des journalistes le talonnaient dans les travées, où il recevait mille tapes sur l'épaule de spectateurs joyeux et, au bal du village olympique, les marathoniennes kényanes accaparaient ses danses.

À Montréal, il découvrit la possibilité d'une bienveillance hors de ses montagnes. À l'ultime levée du concours, son épaulé-jeté pour le record du monde, le public debout frappa des mains en rythme pour accompagner sa tentative.

C'est dire sa stupeur, ici, quand à son entrée dans la salle d'échauffement, il voit son aire, qu'il choisit au fond, à l'écart, prise d'assaut par l'équipe américaine et, à la sortie, des pom-pom girls lui crier des « *Red Yeti* » hystériques au visage.

Sans surprise, Randy Wayne sort légèrement en tête de l'arraché, quatre hommes se tiennent dans un mouchoir pour disputer l'épaulé-jeté. Cette levée en deux temps racle le courage jusqu'au fond des tripes pour monter une barre plus lourde de soixante kilos à hauteur de poitrine ; ensuite une folle témérité, de l'inconscience, en tout cas une force puisée en des recoins insoupçonnés de l'être pour la propulser au-dessus de sa tête. À 240 kilos, l'Allemand de l'Est flanche, la barre à hauteur du ventre. Un instant plus tard se présente Vladimir Igunov, livide. Il a peur, non de la défaite, mais de l'humiliation. Ses automatismes le trahissent, placement approximatif des pieds, respiration à contretemps, il se désarticule dans un concert de rires, il s'affale sur les fesses.

L'Américain Randy Wayne grimpe sur l'estrade quatre à quatre, brandit ses poings en avant pareils à des cornes de taureau. Face à la barre, il lance des imprécations, crie sa fureur, recule de trois pas et ferme les yeux. Il se signe, fléchit un genou. Dieu tout-puissant, que ma famille soit fière de moi, amen. Une ardeur héroïque gonfle en lui, conforte sa sensation d'invincibilité, dans le brouhaha d'une foule patriote. Il est habité.

Le soigneur lui éponge les cuisses, le cou, les mains et lui tambourine une volée de coups de poing sur le torse. Randy se cale face à la barre, que ses deux mains synchrones saisissent et font pivoter d'un demi-tour. Il aspire à fond, ses paupières se ferment un infime instant. La barre s'ébranle. Randy soulève jusqu'aux épaules, hisse encore, les bras tremblent. Le surplus de force exigé par les cuisses un instant plus tôt manque aux bras, il titube de rage et lâche prise pour éviter de trébucher en avant.

Chabdan quitte la salle d'échauffement de sa démarche chaloupée, le visage paisible, comme son grand-père à son côté. Il ralentit néanmoins devant le clan des Américains, entend Randy Wayne et ses soigneurs lancer « *Fuck the Reds !* ». Il dévisage l'Américain, jamais il n'a observé d'expression haineuse chez un haltérophile. En grimpant l'escalier, il ralentit à nouveau afin de laisser les sifflets donner leur pleine mesure puis s'écouler au loin dans son dos. Il demande 258 kilos, son quarante-huitième record du monde. Le 8, chiffre porte-bonheur. Au micro, le juge arbitre appelle le public à respecter la concentration du Kirghize au moment de cette tentative homérique. Un silence tendu s'empare de la salle, à peine pollué de quelques rires lorsque Chabdan dépose sa figurine de feutre blanc près de la barre.

Il tourne autour de la fonte, la pointe du doigt, dialogue avec elle. Il lui raconte une histoire. Il se frappe huit fois les épaules, s'immobilise et se saisit de la barre : main droite, main gauche. La fonte s'élève. Les jambes plient, le bassin va chercher au niveau des talons une force d'inertie, les poignets tournent la barre à hauteur des clavicules ; Chabdan la bloque. Il se relève au ralenti, ses pieds se mettent à bouger sans que l'on sache s'ils cherchent une meilleure position ou s'ils jouent à provoquer le suspense ; il savoure le mouvement qui dans un instant va lui arracher une terrible brûlure, il propulse la barre en l'air d'un geste inouï et, sans vaciller, la maintient à bout de bras, visage rayonnant d'un sourire intérieur. On croit qu'il va faire un tour sur lui-même. Il la pose à ses pieds, la regarde immobile. Il cueille sa figurine dans le creux de la main et descend l'escalier d'un pas indolent tandis que retombe l'adrénaline. Sort de la salle sans un regard pour l'équipe américaine. Disparaît à son hôtel, élude le gala de clôture.

Les auditeurs kirghizes de Randy gardèrent le silence, le temps d'échanger des regards embarrassés. Ils vidèrent leur verre sans porter de toast, les deux Américains firent de même. Un court instant perdu dans ses pensées, Randy sembla se réveiller brusquement. Heather sourit au président, elle posa une main sur la sienne, une autre sur celle de son mari.

— Pourquoi ? finit par demander doucement le président pour rompre la gêne de ses pairs. La haine des communistes ? C'est à cause de la guerre du Viêt Nam ? Vous n'aimez plus les Asiatiques ?

— J'ai renoncé à savoir, je ne peux évoquer de motif véritable. C'était bien moi, pourtant je ne me reconnais toujours pas dans celui que j'ai été ce jour-là, hésita Randy. En tout cas pas un homme de fonte. Je ne peux pas dire que nous avons été poussés. Dieu nous a abandonnés. On a basculé du côté de nos bas instincts sans s'en rendre compte. Chabdan Orozbakov nous a foutu une trouille inexplicable.

LA MAISON VERTE

Une maison de bois peinte en vert, ceinte d'une palissade mangée de lierre, attirait l'œil de loin dans un quartier où les villas s'alignaient derrière des clôtures hérissées de piques. Le nez du passant se laissait aussi séduire par le parfum d'un chèvrefeuille qui s'agrippait aux murs et enjambait les gouttières pour aller s'offrir au soleil sur le toit. Des roses trémières avaient envahi le jardin à hauteur des pommiers, sous lesquels des liserons mauves rampaient pour se glisser à l'ombre. Une moto monocylindre et sa fidèle carriole dépassaient d'une remise. Des bouteilles reposaient dans des clapiers rouillés, des outils gisaient entre une table et des fauteuils qui profitaient encore des vitraux d'un auvent.

Sur la porte, une plaque : *Maison de Nurbek Orozbakov et Olga Orozbakova. Musée national Chabdan Manas Orozbakov.* Un guide introduisit Randy et Heather dans le salon. Des tapis recouvraient le parquet, des nattes en feutre multicolores ornaient les lambris ; un fourneau aussi large que la pièce trônait dans la cuisine.

La visite débute à l'étage dans des chambres où, contre toute attente, n'est exposé nul trophée, nulle relique de la carrière de Chabdan : ni la ceinture lombaire qu'il agrafait et dégrafait pour y chercher une inspiration, ni la serviette rouge et jaune dont il couvrait ses épaules. Plus décevant, on ne trouve pas de trace de la peluche blanche et grise ! Les conservateurs ont refusé l'idée de la commémoration, le musée est conçu comme un récit d'une épopée, explique le guide. Ils ont choisi de raconter Chabdan par des photos sépia ou colorisées, auxquelles répondent des lettres, des notes d'historiens ou témoignages de proches, sans oublier des coupures de journaux. Des gravures et des peintures illustrent aussi ces textes dont le fil parcourt les murs depuis la chambre de nourrisson.

Cela se passe un matin de l'hiver 1953, un an après la naissance de Chabdan, à Balakchy. Son père se tient dans son bureau. Il comprend avant de les voir, quand il les entend dans le vestibule. Il boutonne son caftan de cérémonie, se couvre d'une pelisse et d'une chapka sous les yeux de son épouse, qu'il serre tendrement dans ses bras. Il descend l'escalier sans un mot pour les hommes qu'il précède dans l'aube glaciale. Ce jour-là, dix-sept secrétaires des sections du Parti de la région de Balakchy, d'origine kirghize, sont abattus sur un sentier de montagne – des bergers ont vu la scène depuis leur pâturage – et leurs corps jetés dans le ravin proche. À la fin de cet hiver rigoureux, un soir de grésil, la mère de Chabdan meurt d'une fièvre de tristesse. Dans la nuit,

Nurbek, le grand-père, déboule à cheval juste avant que ne débarque le KGB, et emporte sous le manteau le bébé, descendant les chemins de la vallée jusqu'à sa maison de Bichkek. Longtemps, Chabdan ignore tout du procès, de l'exécution de son père et du désespoir mortel de sa mère. Dans une maison verte, il traverse l'enfance avec l'idée heureuse que ses grands-parents sont ses parents.

Le grand-père Nurbek n'a pas fréquenté l'école, encore moins les organisations du Parti. On devine pourquoi sur les photos : géant, encore plus impressionnant sous son chapeau pointu, des moustaches broussailleuses qui tombent sur un sourire narquois. Il porte le pantalon du lutteur de kourash, torse nu sous son gilet en été, en veste de peau et bottes fourrées en automne. Les fées de la lutte kourash se sont penchées sur son berceau pour lui en infuser la passion et une terrible vigueur. Il s'est initié à l'art de ce combat auprès de son père, qui lui-même le tenait de son père. On le vit se muscler en soulevant des rochers dans la rivière. Sous l'ère soviétique, il vécut avec assez de filouterie pour échapper aux guets-apens de la politique, réussissant à mener une existence de saltimbanque lutteur, grâce aux gratifications des tournois, sans que l'on sache pourquoi il ne fut pas réquisitionné pour travailler à l'usine, et surtout par quel miracle il ne fut pas banni en Sibérie au lendemain de l'exécution de son fils. On peut quand même subodorer l'appréhension des commissaires politiques à affronter un colosse aussi populaire dans les montagnes.

Quand il recueille Chabdan, l'âge a déjà émoussé sa vivacité et son art, qu'il n'impose plus dans les tournois à Bichkek. Mais, grâce à son vice et à sa bravoure, il tient son rang dans les villages plus hauts sur les versants. Il écume les fêtes traditionnelles, noces, journées d'ouverture de la chasse, courses de chevaux, défis d'oulak, parties de kiiz koomaï. Dans les bourgades les plus reculées, il combat même lors de fêtes commémoratives socialistes : anniversaire de la révolution d'Octobre ou journée des cosmonautes. Le petit garçon Chabdan l'accompagne, s'assoit en tailleur au premier rang des enfants, sans rater une phase des combats. Ses yeux mémorisent les gestes, ils n'admirent pas, ils dissèquent leur minutie pour apprendre. En fin de journée, le gamin pose sur la photo, la taille ceinte de l'écharpe des lutteurs, au milieu des trophées remportés par le grand-père : quatre, cinq, jusqu'à dix moutons, ou des tapis, parfois des chevaux. Si au cours d'une fête grandiose le grand-père gagnait un aigle royal de chasse, le bien-être s'invitait dans la maison verte toute une saison.

Les années passèrent, le jeune homme surpassa son grand-père dans leurs jeux de béliers. Un automne, à l'apparition du soleil sur les cimes autour de Sary Bulak, un village perché dans la vallée de Kochkor, des chants s'élevèrent, accompagnés de cithares et de flûtes. C'était la fin de l'estive, le village fêtait le retour des troupeaux, un concours de poésie lançait les réjouissances. Des conteurs récitèrent deux heures durant des strophes de *L'Épopée de Manas* au son de la flûte. Puis on monta jusqu'à une steppe idéalement plate pour les courses et les jeux hippiques. Les cavaliers s'arrachèrent la dépouille d'une chèvre dans un bozkachi dévastateur.

Un banquet fut servi. Sur des planches, les femmes posèrent des jattes de beignets et des marmites de raviolis, vite rejointes par les cruches de koumis. On porta des toasts en l'honneur des chevaux.

À l'écart, en compagnie des lutteurs qui se préparaient pour le tournoi, Chabdan et son grand-père s'abstinrent de boire. Vint le moment pour Chabdan d'entrer en lice, et pour Nurbek de le cornaquer. Bien qu'il n'eût encore assimilé tous les trucs de son grand-père, il compensait sa candeur par une puissance souple, d'une vivacité extraordinaire. Tout l'après-midi on commenta son audace jusqu'au combat final qu'il remporta dans la lumière du crépuscule. L'émotion des anciens était fortifiée par le souvenir du père. Chabdan posa au milieu des dix brebis offertes au vainqueur, on porta des toasts pour saluer un nouveau lutteur. Dans l'assistance se tenait un Russe vêtu d'un costume d'apparatchik. On l'avait toujours appelé Vassia, on aimait sa mère, une vétérinaire du kolkhoze toujours disponible pour soigner à la nuit tombée les bêtes planquées derrière les potagers des uns et des autres. Même si le Parti interdisait ces réjouissances traditionnelles, personne ne craignait sa présence dans l'assemblée.

Deux jours après, à Bichkek, l'homme frappa à la porte de la maison verte, tenant à la main sa carte du ministère des Sports. On mangea de bon appétit, on plaisanta au sujet des dix brebis que l'on pouvait voir par la fenêtre dans un coin du jardin. Vassia parla de l'importance de l'haltérophilie dans la Grèce antique. Il évoqua les destins de quelques fameux champions soviétiques, Leonid Zhabotinsky, Ihor Rybak, décrivit l'aventure d'une carrière sportive de haut niveau. On but du koumis jusque tard dans la nuit, il n'oublia pas de souligner les récompenses attribuées aux champions méritants de l'Union soviétique. Titubant sur le pas de la porte, il bafouilla des conseils de prudence pour échapper aux embuscades, allusion à peine voilée au père de Chabdan.

Toute la nuit, Chabdan médita sur ce monde étranger, dont il avait été tenu à l'écart et qui avait pourtant été celui de son père. Il se leva l'esprit embrouillé par trop de méfiance. Sans les encouragements de ses grands-parents, il n'aurait ni tenté cette expérience ni suivi Nurbek au Klub où ils furent reçus par le président – honneur incongru à l'égard de deux lutteurs de village. Les réticences de Chabdan ne durèrent que le temps de descendre l'escalier qui mène à la salle en sous-sol. Au premier regard, la barre de fonte, inerte, lourde, lui parut plus curieuse qu'hostile, et l'idée de l'affronter aussi passive lui parut d'autant plus étrange qu'il était accoutumé à la gesticulation des lutteurs. Il la regarda cependant sans empressement. Il se baissa pour la tâter du bout des doigts. La froideur du métal ne le contraria pas, il ressentit des frissons. L'étonnante envie de la saisir à pleines mains, la complicité qu'il éprouva à ce contact, lui procura une joie simple.

La nouvelle fila aux quatre coins de l'Empire : à Bichkek, dans une salle obscure, un montagnard soulevait des disques incroyables.

Au Lokomotiv d'Odessa, le champion en titre des poids lourds Jurij Dovjenko haussa les épaules. Le Géorgien Gregori Saakashvili posa deux ou trois questions.

Au Baltika Tallinn, un grand rire ébranla la carcasse de Viktor Sumera, cent trente kilos. Par le passé, des petits modèles kazakhs et ouzbeks se sont distingués dans les catégories légères : on a entre autres connu deux champions olympiques, en poids plume et coq, jamais de lourds. En plus, un Kirghize ! La rigolade. Ces gars-là passent leurs journées sur leurs chevaux à poursuivre des moutons. Petru Gojan, chef de file de l'école haltérophile de Chisinau, haussa les sourcils, peigna ses longs cheveux, prêt à parier une caisse d'eau-de-vie que la balance, dans cette salle de Bichkek, était bidouillée. Il n'y a que chez les Russes que l'on s'interrogea, car la rumeur prenait source dans le bureau des agents russes du KGB, en charge des clubs sportifs de Bichkek.

Aussi, quelques mois plus tard, lorsqu'on rassembla en stage l'élite d'haltérophilie des républiques de l'Union, Chabdan Orozbakov fut chaleureusement accueilli par ses pairs au nom de l'amitié due aux peuples frères d'Asie, sans les manifestations d'animosité que suscite normalement le surgissement d'un nouveau rival. On lui fournit son paquetage d'athlète soviétique. Chabdan retourna sa veste de survêtement, inversant les lettres floquées CCCP, ce qui amusa tout le monde.

À la première séance, l'entraîneur en chef Boris Taymazov, gloire d'avant-guerre, prit en main l'Ukrainien Jurij Dovjenko, le champion du monde. Son premier adjoint choisit l'Estonien, un phénomène de la nature. Chabdan hérita d'un entraîneur kazakh. Au programme : soulèvement de poids, gammes de coordination, massage. Sur la table du déjeuner, Chabdan découvrit poulets entiers, beignets de harengs, plus de victuailles qu'il n'en avait jamais vu dans un banquet de noce. Il goûta pour la première fois au caviar ainsi qu'à la viande de cheval. Au programme de l'après-midi, soulèvement de poids, respiration, séances d'imagerie mentale et de mémorisation, exercices qui l'intriguèrent.

Ce matin-là, chacun travaillait sur son aire dans le gymnase. La séance se transformait en jeu d'intimidation, puisque les soignants annonçaient d'une voix badine, assez haute pour être entendue malgré le vacarme des fontes, les disques qu'ils fixaient sur les barres de leurs poulains. « 241 kilos, Chabdan ! » cria son entraîneur kazakh. Quoi ? Un kilo de plus que le record du monde de Jurij, l'Ukrainien ! Toussotements. Un silence tombe en même temps que les haltères, des murmures reprennent ensuite. Les uns derrière les autres, ses pairs s'approchent et entourent le plateau de Chabdan, jambes écartées, mains sur les hanches.

Chabdan entame sa préparation, enduit ses épaules de magnésie, puis le haut du thorax. Il dégrafe et agrafe sa ceinture lombaire, indifférent à l'impatience de ses pairs, il tourne autour de la barre en lui parlant une langue qui n'est pas du russe. À quoi ça rime ? Est-ce qu'il pourrait jouer la comédie ? Haltérophiles et entraîneurs se regardent et se retiennent de plaisanter. Chabdan saisit le métal, main droite, main gauche. Il plisse les yeux, la barre s'élève. Tous pensent en silence à la rumeur. Ils remarquent la souplesse des jambes qui lui permet de prendre son élan très bas, presque accroupi sur les talons, pour porter la barre à hauteur de poitrine sans trop exiger des bras ; ensuite, la vivacité prodigieuse de son pas en avant, le jeté final, bras tendus, fulgurant. Chabdan bat son premier record du monde dans l'intimité imbibée de sueur d'une salle d'entraînement, au milieu d'une vingtaine de compères aphones.

La nouvelle prit le chemin des montagnes, fit halte au Klub de Bichkek avant de slalomer dans les vallées jusqu'aux bergeries dispersées des estives. Un soleil sec d'hiver accueillit Chabdan à son retour. On offrit un banquet à Sary Bulak, où les gens montèrent depuis Kochkor et Balakchy, et de plus loin encore. La puissance de ses jambes autant que de ses épaules empêchait désormais Chabdan de participer au tournoi de kourash, mais il paya de sa poche une prime de vingt brebis aux lutteurs venus en son honneur. Il se mit en selle dans un tournoi de kiiz koomaï, inoubliable pour l'assistance, car une fille russe se laissa attraper par lui, se renversant même sur le dos du cheval pour l'encourager de ses yeux bleu-gris.

Dans la nuit, le grand-père Nurbek l'emmena dans la prairie surplombant le village. Ils marchèrent en silence d'un pas ample, à l'écoute des cris des bêtes. Au sommet d'un pâturage, en bordure de la forêt, le grand-père le quitta devant une yourte.

On entend une femme chanter à l'intérieur. Elle invite Chabdan à entrer et à s'asseoir sur les tapis, à la lumière de bâtonnets de résine. Elle joue du tambourin en battements lancinants. De son turban s'échappent des tresses noires. Elle regarde Chabdan de ses yeux malicieux. C'est la chamane Aygul. Elle tend l'instrument à Chabdan qui en joue à son tour avec énergie. Elle lève une cruche de koumis, ils boivent et rient et chantent. Elle danse, évoque les esprits de la forêt qui rôdent autour de la yourte, familiers à Chabdan. Elle leur prête sa voix, il les écoute parler, enregistre leurs paroles.

Aygul se déguise en biche et danse au milieu d'une harde, la suit quand elle monte vers le ciel, se transforme en songe et en voyage au pays des esprits des ancêtres. Elle se met à trembler, son visage s'égaie, Chabdan chante plus fort, elle entre en transe pour invoquer Jir Sou, la déesse de l'eau et de la Chuy, qui veille sur le corps et l'âme de Chabdan. Dehors retentissent les cris d'animaux de nuit, pendant qu'ils parlent de la rivière, de ses crues, ses couleurs changeantes, des légendes qu'elle colporte, des bêtes qu'elle abreuve, des entraînements de Chabdan dans l'eau vive. Elle le questionne sur les esprits de la fonte. Il raconte la fusion du métal et du corps, il décrit la violence de l'arrachement et la douceur gestuelle. Elle médite et rit de ses réponses qu'elle ponctue à la guimbarde. Elle évoque la sécheresse de cœur des communistes, le met en garde contre les dangers qui le guettent en terres étrangères, l'envie qui nourrit le ressentiment chez certaines personnes qu'il doit affronter. D'une voix mélodieuse, elle s'entretient un moment avec un chameau qui traverse le firmament cette nuit-là. À l'aube, elle referme les mains de Chabdan sur une peluche de feutre gris et blanc.

LE MALAISE

La station debout dans l'air chaud du musée épuisa Randy, des palpitations l'obligèrent à s'asseoir, visage livide, expression contrite. S'excusant auprès du guide, Heather l'accompagna dehors pour marcher à petits pas jusqu'à un parc, où ils s'affalèrent dans l'herbe. Les arbres les couvrirent d'ombre et de chlorophylle. Des jeunes interrompirent un jeu vidéo auquel ils s'adonnaient avec leurs smartphones pour s'asseoir en cercle avec une curiosité bienveillante, des gamins abandonnèrent leurs tables de ping-pong pour s'approcher. Une marchande vint en tricycle leur proposer des glaces, la respiration de Randy reprit un rythme normal.

Ça lui était arrivé en sortant de sa maison à Kansas City. La sensation d'une masse lui écrasant le thorax. Malgré le choc, il n'y accorda guère d'importance, se contenta d'inspirer à fond jusqu'à recouvrer son souffle. Depuis dix ans qu'il avait abandonné l'haltérophilie, il s'était accoutumé à de fulgurantes douleurs diffuses dans le corps – lésions liées à ses excès sous la fonte, au dire des médecins. Il repartit. Dès qu'il tenta de hâter le pas, l'asphyxie le paralysa, bouche ouverte. Holà ! Ça sent le roussi, sourit-il, faut pas qu'on le voie. Il se composa une allure nonchalante pour ne pas attirer l'attention. Nouvelle suffocation, il s'affaissa, un genou à terre, avant de basculer sur le flanc.

Une ambulance l'amena sanglé et perfusé aux urgences cardiologiques où il subit une opération du ventricule gauche. Au fond de son lit, la surprise le disputa au bonheur de s'en être sorti. Cela le laissa presque fredonnant, car, sujet tabou dans les salles, tous les haltérophiles connaissaient des aînés dont les artères ou le cœur, après leur carrière, avaient subi des turbulences sans crier gare.

C'est pourquoi l'existence qui l'attendait à la sortie de l'hôpital ne l'attrista pas, ne le déprima pas du tout, au contraire. Il apprit la lenteur, la renonciation aux accélérations de la vie quotidienne, comme de se précipiter à un feu rouge ou céder aux caprices du chien, il apprivoisa ses essoufflements, l'attente et l'attention. Un ami sculpteur l'invita dans son atelier à s'initier à la sculpture sur métal. La Missouri Baptist University lui remit le grappin dessus : il devint aumônier de toutes les équipes sportives. La communion pieuse avec les athlètes le combla au-delà de ses espérances, lui insufflant une nouvelle vocation sportive inattendue, qui par ailleurs rasséréna son épouse.

Un jour, en grande discussion avec un reporter du *New York Times* au sujet des traumatismes des champions vétérans, il se surprit à expliquer sans retenue les pilules rondes, les allongées : les stéroïdes destinés à supporter plus de charge à l'entraînement, les amphétamines avalées dans un instant de panique avant de grimper sur le plateau de la fonte. Il raconta les vertiges, le tambourinement des tempes, les nuits d'impuissance sexuelle, les consolations de son épouse. Il en rit rétrospectivement, se cantonna à sa courte expérience, se surprit de n'éprouver ni gêne ni soulagement à s'ouvrir spontanément au journaliste sur une zone un peu grise de sa carrière.

Sans doute savait-il que la publication de sa confession ne dissiperait pas un mal-être d'une nature autrement plus profonde qui, depuis une bagarre à Los Angeles, peu après sa victoire et sa médaille d'or, le saisissait à l'improviste, le rongeait littéralement de remords pour des raisons qu'il ne parvenait pas à extérioriser, et qui l'avait éloigné à jamais des salles d'haltérophilie. Même si ce malaise pouvait tenir à ses yeux d'un possible traumatisme, une forme de hantise, il le tut au journaliste. C'était trop confus, trop angoissant. Il faudrait que je raconte Gettysburg, et mes insultes, hésita-t-il. En plus du boycott des Jeux de Moscou.

L'été des Jeux de Moscou, en 1980 ? Randy le passa en bermuda avec une bande de copains sur une plage de Santa Monica, même pas tenté de jeter un œil curieux sur le tournoi d'haltérophilie. Cela ne l'empêcha pas, à son retour de vacances, de se ruer sur la fonte tel un affamé. Depuis ses débuts, Randy avait compris l'importance des gammes perpétuellement répétées, il en redemanda, appliqué, perfectionniste. Deux séances par jour, sauf le dimanche, il souleva des disques sous le regard de ses entraîneurs, qui réajustaient ses positions, accordaient ses mouvements, puis le remettaient à son ostéopathe chargé de le délivrer des tensions parasites.

Deux ans plus tard, en octobre 1982, à Ljubljana, les championnats du monde furent résumés par ce titre d'*USA Today* : « *Terrific Randy Wins the Battle of the Titans.* »

Il avait débarqué de l'avion avec une blague aux lèvres, le clin d'œil facile. En feuilletant le programme, au Palais des Sports, il découvrit l'absence du Soviétique Chabdan Orozbakov, sans ciller. Il ne lui vint pas à l'esprit de se demander pourquoi. Il était là pour le titre mondial et pour casser du Rouge sur le plateau. Les Soviétiques Vladimir Igunov et Valentin Gurvitch, l'Allemand Wilfried Beurrent, le Bulgare Lyubomir Isaiev, n'importe lequel convenait pareillement.

Il ne fut pas le seul à se jeter sans inhibition dans la bataille pour la succession de l'absent kirghize. Tous les prétendants soulevèrent sans stratégie, ni bluff et, à l'issue de brutales bagarres au développé puis à l'épaulé-jeté, Randy l'emporta sur Vladimir Igunov d'un demi-kilo. L'affrontement les laissa ivres d'adrénaline, gorgés de toxines, les genoux en feu. Le corps en sueur, les épaules couvertes d'un drapeau sudiste, Randy eut un sursaut de punch pour exécuter un salto triomphal, puis trottiner autour du plateau.

Alors il stoppe net, les mains sur les tempes. Mais qu'est-ce qui me prend de faire le guignol comme ça ? Il se trouve trop ridicule pour faire un geste de plus, soudain confus de se voir jouer un rôle, de gesticuler comme il en a tant vu le faire sur un plateau. Il se sent absurde à singer la joie délirante d'un triomphe dont il se rend compte qu'il l'exaspère déjà, car il ne ressent rien de l'immense fierté à laquelle il s'attendait. Même pas la jubilation que peut susciter la victoire sur le fil par un dérisoire disque d'un demi-kilo, ni le soulagement que procure normalement un premier titre attendu depuis tellement d'années, plongé en permanence dans l'amertume à cause des performances inégalables des gens de l'Est. La médaille ? Une breloque. Qui pourrait comprendre que le Graal, au moment où on le touche, n'est plus que cela ? Il pense se rapprocher de ses adversaires qui, sur leurs aires, récupèrent de leur bataille commune. Mais il ne devine aucune complicité, ils lui sont devenus étrangers.

Le décalage entre le vide qu'il éprouve et le tourbillon de sentiments que les gens tout autour lui prêtent le décontenance. Il évite les regards, esquive les embrassades, repousse le moment de serrer son épouse dans ses bras. Il n'a aucune prise, il ne sait par quel bout le prendre, n'a d'ailleurs pas le temps. Surgissent les souvenirs de chagrin et d'isolement des dimanches après-midi, quand les autres enfants du quartier le tenaient à l'écart et qu'il n'osait approcher du terrain de sport. Lui vient l'envie de le crier mais il se retient. Bizarre, ce sentiment d'esseulement. Sa frustration grandissante l'étonne, il l'attribue à la rudesse de la bataille, à l'épuisement mental, il lève les bras de son épouse et de son coach et se laisse ballotter dans le brouhaha festif.

Revenu à Saint-Louis, il oublia, reprit ses gammes dans la salle du campus. Pourtant, la gaieté qui l'attendait toujours à son entrée au vestiaire l'abandonna. Même la qualité exceptionnelle d'une séance de travail ne dissipait pas sa sensation de manque. Il tenta de se souvenir, en vain, il ne parvenait plus à envisager la compétition comme à ses débuts. Le prêtre de la paroisse lui promit que son application sincère lui rendrait sa confiance. La routine entretint une sorte d'insensibilité. Évanouie, la croisade contre l'ennemi rouge ; finis, les rêves épiques, son imaginaire se contracta sur une âpre recherche de la performance. Il maintint le cap, perfectionniste, dur au mal. Tous les jours, il retrouvait son staff au campus pour améliorer son tempo, affiner la trajectoire de la barre sous les charges, il acceptait d'intenables cadences, visage raidi, Los Angeles en ligne de mire.

Dehors, il s'apaisait. Sa maison dominait une pelouse pentue, un mât portait haut une bannière baptiste de son université, il chantait de sa voix de baryton dans la chorale paroissiale. Son épouse, Heather, animait des ateliers d'écriture dans les quartiers mexicains ; il entraînait au baseball les gamins des mêmes familles et, ensemble, ils retroussaient volontiers leurs manches pour réhabiliter des appartements délabrés. Samedi, barbecue avec des voisins ; dimanche, église, matchs à la télévision.

L'approche des Jeux de Los Angeles ne lui mit guère de pression, en partie parce qu'il n'en rêvait plus. Son rendez-vous avec la gloire se réduisait à l'accomplissement d'une mission entamée dans sa jeunesse, à une exigence patriotique intériorisée et à une façon de remercier ses proches. Il se rendit en Californie sans inquiétude, privé de phantasmes, seulement conforté par le boycott des colosses des pays de l'Est – les seuls qui hissaient la fonte à sa hauteur.

Il arriva sans histoires, du moins le crut-il.

BAGARRE À L'ALBERT-GERSTEN

Le grand jour, à sept heures du matin, une brume voile le ciel de Los Angeles quand Randy retrouve son staff au restaurant du village olympique. Pas d'escalier dégringolé, il marche à petits pas lents, les bras le long du corps. Il ne porte pas son sac, il se déplace au plus court en foulant les pelouses interdites, se dérobe aux embrassades. Comme tout haltérophile, à quelques heures de la compétition, il se montre pingre de son énergie, raccourcit ses gestes, réduit ses mouvements. Assis ne serait-ce qu'une poignée de secondes à la moindre attente, il emmagasine de l'influx. Plus tard, son échauffement se résume à des exercices concis, des massages et pommades car tous les efforts superflus se traduisent en centaines de grammes perdus au moment de la levée.

Le seul effort imposé à son organisme consiste à emmagasiner des calories pour son quintal de muscles en prévision d'un concours dont il ignore la férocité et la durée. Randy avale des bols de céréales aspergées de yaourt, de porridge enrichi de fruits secs, qu'il entrecoupe d'œufs brouillés au bacon. À table, ses hommes lui parlent bas. On ne chahute pas chez les haltérophiles ce jour-là. Ils passent les adversaires en revue ; d'abord ses deux compatriotes, puis l'Allemand Gerhold Dreyer, enfin le Roumain Vasile Raducanu. Le coach insiste sur ce dernier car il appréhende un excès de confiance de Randy qui, imperméable au stress montant autour de lui, avale une dernière carafe de lait et se lève, les mains sur son estomac arrondi, pour rejoindre les deux autres équipes américaines à la porte du pavillon Albert-Gersten.

À l'ouverture, fidèles à leur habitude, soigneurs en fer de lance, coachs au coude à coude derrière, les Américains se ruent à la conquête de la salle d'échauffement. Ils bousculent les Britanniques qui espèrent une aire près des baies vitrées, ils harcèlent les Roumains pour les repousser au loin, par crainte de maléfices des Carpates. Les haltérophiles regardent sans se mêler à la partie.

C'est alors qu'un visage apparaît à Randy. Il s'approche encore indistinct, silhouette nébuleuse. On entend en arrière-fond le vacarme d'haltères heurtant le sol et de vagues exhortations, sans que l'on sache à qui elles s'adressent. Randy est fasciné par sa vision, il ne tente pas de la rejeter, il garde les yeux fermés, au contraire. Le visage se fige et se précise. On dirait un guerrier mongol, sans sabre ni fourrure. Ses paupières plissées laissent percer un regard plus curieux qu'hostile. Une moustache noire, abondante tout comme ses cheveux hirsutes. Rien à voir avec les hommes qui fréquentent les salles. Pourtant, Randy le reconnaît comme l'un des siens. J'en étais sûr, croit-il s'entendre dire. En tout cas, il s'attendait à son apparition ; il sait l'avoir déjà vu, souvent même. Il est habillé d'un survêtement rouge, une écharpe jaune et rouge enroulée autour du cou. Un vieil homme l'accompagne, qui porte un sac. La même moustache tombante, la peau tannée comme du papier kraft. « *Fuck the Reds* », entend-on. Qui a crié ? Ça semble venir de lui, Randy, ou d'autour de lui, non, c'est lui puisqu'il recommence. Le visage ne sourit plus, ses traits demeurent placides. Les lèvres hésitent à parler. Elles ne disent rien car le vieil homme lève la main pour indiquer le départ. Le visage ne regarde pas Randy – il ne l'a jamais regardé – mais derrière lui, on ne sait où, on voudrait savoir pourquoi il regarde dans cette direction. Il recule, sa décontraction étonne, il se frotte les mains comme s'il les enduisait de magnésie et se retourne sans un geste, pas même un signe. Randy hésite, mais rien. Randy dit quelque chose, on n'entend rien. Il avance d'un pas, son corps ne bouge pas. Randy sait que l'homme va disparaître en se diluant dans le lointain, parce que c'est toujours ainsi qu'il s'efface dans ses rêves, dont il comprend à l'instant qu'ils durent depuis des années.

Comme chaque fois, la transpiration inonde le front de Randy, son pouls s'est accéléré, une sensation d'impuissance l'accable, presque une paralysie. Un instant, il se sent incapable d'entrer dans la compétition, il croit renoncer, fuir, submergé de mélancolie.

On prend ce bref changement d'humeur de Randy pour une montée d'adrénaline.

La presse ne fit pas un récit lyrique du concours, à l'exemple de *L'Équipe* qui, sous le titre « Chronique d'un triomphe annoncé », le relata ainsi : « Décidément, dans ces Jeux, comme aux Studios d'Hollywood, on travaille sur des scénarios bien ficelés. Trois jours après la mise en scène romaine de l'apothéose Carl Lewis, puis un remake d'*A Star is Born*, avec Mary Lou Retton dans le premier rôle, le dur à cuire du Middle West Randy Wayne, hier au pavillon Albert-Gersten, a laissé peu de place au suspens… » Pendant qu'ils écrivaient en salle de presse, les journalistes ne pouvaient envisager la bagarre haute en couleur, digne d'un saloon, déclenchée au même moment dans une salle de réception voisine.

Randy Wayne plie en effet sans péril le concours à l'épreuve de l'épaulé-jeté. Quand il croise ses deux compatriotes sur le plateau, il lit leur résignation, parce qu'il a remarqué plus tôt le relâchement des bras, la précipitation du jeté comme pour se débarrasser d'un fardeau et autres petits consentements à la défaite. À proximité de la barre, les haltérophiles ne trichent plus, leurs regards ne trompent pas. L'Allemand Gerhold Dreyer l'étonne différemment parce qu'il est sec. Il ne transpire pas le trac qu'on lui connaît dans les concours. Pas de chewing-gum, pas de tête baissée le poing tapant contre sa paume. Cette attitude trop tranquille traduit une ambition bridée : se contenter de disques soulevés quotidiennement à la salle, ne pas s'attaquer à l'impossible pour ne pas risquer la levée de trop ; avant tout saisir l'opportunité du boycott soviétique pour grimper sur le podium.

Dans son coin, unique rescapé de l'Est, le Roumain Vasile Raducanu n'abdique pas. Ses muscles frémissent, rageurs. Randy ne l'a jamais affronté. À l'entraînement, il a reconnu l'élève type de l'école roumaine, nuque inclinée vers l'avant sous les disques, mains et jambes très écartées, fesses en l'air, efficacité d'une tradition séculaire. Il est néanmoins flagrant qu'il manque de reins, la fragilité de son dos le contraint à des efforts brutaux des jambes. Randy remarque d'infimes spasmes sur ses cuisses, il pressent la charge sous laquelle le Roumain va céder et la demande aux juges du concours. En l'absence des Soviétiques, dans la salle survoltée de l'Albert-Gersten, il se sent invincible.

C'est au Roumain de monter en premier sur le plateau, visage contracté. Son entraîneur lui frappe les jambes, puis le visage, à grandes claques. Il sait que son Vasile n'a jamais soulevé ce poids, il lui frotte les cheveux à l'aide d'une lotion alcoolisée, lui masse les tempes, passe et repasse un flacon d'ammoniaque sous ses narines, le pousse sur le plateau. Le Roumain hurle, agrippe la barre. Elle s'élève et se cale au niveau des clavicules. Vasile crie de nouveau, plus enroué. Les bras amorcent le jeté. Il s'effondre sur le dos, tétanisé par un lumbago. Ses soigneurs l'emmènent.

« *Ladies and gentlemen,* hurle le speaker, et maintenant celui qui va tenter de donner à l'Amérique son premier or olympique depuis 1952, j'ai nommé le fabuleux Randy Wayne, Saint-Louis, Missouri ! On l'encourage ! Plus fort !!! »

Randy grimpe l'escalier le visage impassible, sans exhibitionnisme. Il vit son rituel détaché, voilà des mois qu'il ne reçoit plus de décharges d'adrénaline, peut-être depuis Ljubljana. Son extrême concentration les compense. Il contourne la fonte par la droite comme à l'accoutumée, l'examine sur toute sa longueur, remarque des éclats de peinture sur les disques. C'est l'unique entorse à son protocole. Tu vas le faire, hurle son coach dans la coulisse. Il cherche des yeux ce qui pourrait le mettre en danger. Je vais la mater, m'en débarrasser, se surprend-il à penser. Ses pieds trouvent leurs marques au premier coup, ses mains saisissent la barre. Le toucher lui convient. Le public cesse son vacarme. Il se voit très seul, soudain grotesque d'avoir accepté de revêtir une combinaison taillée dans un drapeau étoilé. Il soulève la barre, la tend à bout de bras, la tient en l'air comme on brandit une preuve. Il ne la jette pas. Il la laisse tomber.

« Hourra, c'est un héros ! hurle le speaker. Premier champion olympique depuis qui ? Depuis Norbert Schemansky, légende de la bataille de Bulge. »

Randy n'éprouve pas d'apaisement. Un genou à terre, il rend grâce à Dieu, essaie de se perdre dans sa prière. Loin d'imaginer son trouble, le public, enthousiaste, debout, l'acclame de longues minutes. On scande son nom. Heather ne perçoit rien, elle pleure de joie. Sa famille, ses professeurs de l'université, le prêtre se congratulent, sincères. Sa chorale entame un alléluia, Randy sourit, il s'oblige à répondre aux gestes. Ses soignants le hissent sur leurs épaules, il dissimule son agacement, serre les mains qui se tendent d'une molle poignée. Une équipe de télé se précipite sur lui :

— *Hi Randy ! Wonderful job.* Est-ce que tu penses que les Rouges vont s'en remettre ?

— S'en remettre de quoi ?

— De ça !

— De cette série B à la con ? Vous rigolez ? De cette médaille ? Vous ne comprenez donc rien à rien ?

À l'issue de la remise des médailles que préside Arnold Schwarzenegger, les trois lauréats sont dirigés par des cow-boys du service d'ordre vers un salon d'honneur. L'agitation exaspère soudain Randy, il souhaite poursuivre tout droit pour se réfugier aux vestiaires. L'un des cow-boys se raidit et, le saisissant par le coude, le dirige devant lui à travers la cohue. Quand Randy se dégage, l'autre le pousse, mains sur ses épaules. Mal lui en prend, les deux poings de Randy lui écrasent le nez, le sang gicle. Il vacille puis réplique à coups de poing et de pied, les collègues se précipitent, Randy hurle d'une voix gutturale, la lassitude du concours s'est évanouie et il cogne tout ce qui bouge, abat ses muscles lourds sur les sbires, les coachs qui tentent de le calmer, les officiels et les invités tous excités de cet épisode imprévu. Nez en sang, chemises déchirées, officiels à quatre pattes, hôtesses débraillées, on regarde, incrédule. Des flics accourent, jusqu'à ce que Randy se retrouve plaqué au sol, son épouse penchée sur lui.

On étouffa cet épisode le temps que Randy quitte le village olympique, au bras de son épouse. Ils regagnèrent leur Missouri au volant d'une décapotable en chantant les airs de la radio.

De retour dans sa maison, il savoura les ravissements du bricolage, les bières sur la pelouse, le journal, les enfants exubérants. En fin d'après-midi, il s'en allait en sifflotant dans l'allée paisible qui mène à la paroisse. L'aumônerie le comblait, la présidence de l'association des anciens élèves l'honorait. L'existence s'écoulait légère.

Le jour de son élection à l'American Weightlifting Hall of Fame, distinction suprême, il prononça des paroles d'adieu émouvantes, très énigmatiques. Après quoi il se prit d'affection pour l'équipe de baseball des Cardinals et loua à l'année une loge au Bush Stadium pour inviter ses amis aux matchs. L'achat d'un vélo fut indispensable pour repousser les kilos de gras qui se tenaient en embuscade, car jamais plus il n'approcha une salle de musculation.

PIQUE-NIQUE AVEC YEVGENIYA

À Bichkek, la canicule se laissait amadouer. Sacs au dos, Heather et Randy poursuivant leur exploration de la ville sillonnaient les bazars de long en large et ne se lassaient pas de la modestie kitch des musées. Quand la chaleur accablait la ville à la mi-journée, ils suivaient le flot des gens dans les parcs pour s'allonger sous un arbre. Randy se mettait à ronfler tandis que Heather ouvrait un livre. À la fraîche, dans la nuit tombante, ils ralliaient la terrasse d'un restaurant gastronomique car il fallait fournir en *chachlik* de moutons au *plov* la panse affamée de Randy.

Auparavant, ils retrouvaient la Chuy. Depuis qu'ils l'avaient découverte, attirés par le design d'un pont en ferraille de récupération, ils s'étaient habitués à se balader le long des rives. L'eau coulait gris vert, des bancs de sable s'étiraient en îlots où corneilles et musaraignes ne cessaient de se houspiller dans les broussailles. Des pêcheurs méditaient en surveillant leurs lignes, des mères poussaient des landaus dans l'eau pour que le clapotis berce leurs enfants. À un endroit de la berge, une plage de galets envahie de fleurs poussiéreuses séparait la rivière d'un bois. C'est ce bois qui attirait Heather et Randy, plus exactement des immeubles en brique que l'on apercevait entre les arbres, dont les balcons étaient tantôt peints tantôt recouverts de tissus aux couleurs vives.

Au pied des bâtiments, entre les massifs d'arbustes, des pneus jaunes servaient de jardinières à des fleurs dont profitaient de majestueux cygnes en plastique blanc. Une supérette russe sortait des tables où Heather et Randy aimaient se décapsuler une bière. À les voir passer presque tous les jours, du haut de leurs toboggans les gamins prirent l'habitude d'accourir pour tester leurs dix mots d'anglais en leur proposant des quartiers de pastèque.

Après l'avoir éloignée pendant des jours, ils prirent la décision simplement, un après-midi devant l'immeuble 17, dont ils poussèrent la porte sans un mot, telle une évidence. À l'étage, Randy s'adossa au mur pour reprendre son souffle avant de sonner. La dame qui leur ouvrit les regarda en silence, moins intriguée par leurs bermudas que par la stature de Randy. Ses yeux bleu gris semblaient un peu tristes.

— Yevgeniya Orozbakova ? Bonjour. Excusez-nous. Nous sommes américains. Est-ce que l'on vous dérange ?

— Des Américains ?

— On est du Missouri. Je m'appelle Randy Wayne et mon épouse, Heather. J'étais haltérophile à l'époque de Chabdan.

— Je me disais bien, sourit Yevgeniya. C'est pour quoi ? L'Amérique, c'est loin. Entrez, si vous voulez.

On lisait sur son visage que la dureté de l'existence n'avait pas vaincu sa douceur. Elle retira un élastique de ses cheveux qui tombèrent en boucles sur ses épaules. Des mains abîmées mais si soignées, observa Heather qui s'émut aussi des cernes sous ses yeux, du manque flagrant de soleil sur sa peau. Dans le salon, un tissu vert satiné recouvrait une table. Sur un placard fermé par un rideau reposait un poste de télévision ; un bouquet de pivoines égayait la bibliothèque, où étaient rangés des livres reliés en cuir, à côté d'empilements de bouquins écornés. Heather les caressa :

— Ces reliures si minutieuses !

— Les Russes aiment les livres autant que leurs bouleaux.

On apercevait un poêle dans la cuisine et du linge qui fleurait bon la lessive, un samovar cuivré et de la vaisselle plein l'évier.

Les deux Américains s'approchèrent des murs pour regarder des photos. Chabdan sur un cheval coiffé d'un chapeau traditionnel. Chabdan et Yevgeniya, jeunes amoureux, elle apparemment amusée de se trouver si gracile aux côtés de son haltérophile. C'est mignon, comme un rêve, chuchota Heather. Une petite fille à la bouille ronde, assise entre eux deux au bord d'un lac bleu ; on voyait des yourtes derrière et, autour, des chevaux frimant autant que leurs cavaliers pour attirer l'attention du photographe. Yevgeniya revint de la cuisine avec, sur un plateau, du thé et de la vodka. Elle posa un disque sur une platine, ils s'assirent sur le tapis et se sourirent en écoutant des chansons russes accompagnées de violons et de balalaïkas.

— Ou avez-vous appris l'anglais ? demanda Heather.

— À l'université américaine de Bichkek.

— Là où sont gravés une faucille et un marteau gigantesques sur le fronton ?

— Ça vous a fait rire, vous aussi ? Comme les statues d'Engels et de Marx, je suppose.

La fournaise de l'appartement affectait la respiration de Randy. Yevgeniya revint de sa chambre vêtue d'une robe estivale blanc et vert. Heather se demanda pourquoi ou pour qui elle avait préservé sa sveltesse toutes ces années. Yevgeniya se coiffa d'un chapeau à fleurs, s'activa dans la cuisine pour remplir un cabas.

— Allons-y.

Sortant de la cité, ils entrèrent dans un parc que Randy et Heather commençaient à bien connaître. À l'ombre d'un arbre, Yevgeniya déboucha une bouteille.

— C'était vous, le champion américain, à Gettysburg ? Chabdan m'en a parlé.

— Ça ne devait pas être flatteur…

— J'ai un peu oublié.

— En tout cas, il m'avait sacrément dérouillé.

— Pourquoi venir ?

— On y pensait depuis des années, répondit Heather. La santé de Randy nous a retardés. On a su très tard pour votre mari. Randy l'a appris sur Wikipédia. Dit ainsi, ça peut paraître curieux. Nous sommes désolés. Même avec retard, ça a été un choc, impossible à décrire. On souhaitait le dire. On y pense souvent, on voudrait savoir. Si cela ne vous contrarie pas, bien sûr. On comprendrait.

Ils ont accompli un si long voyage, comment pourrait-elle être contrariée ? Elle devait toutefois préciser qu'elle ignorait encore des pans entiers de l'histoire.

À Moscou, la fameuse nuit, dans le village olympique endormi, deux agents du KGB au guet de part et d'autre de l'allée attendirent l'extinction des réverbères pour ouvrir la voie à leurs collègues. Sous le regard des athlètes kirghizes postées derrière les rideaux de leurs chambres, ils escortèrent Chabdan dans la nuit obscure, prirent une ruelle déserte le long de l'enceinte et sortirent par une rampe de livraison. Une Volga noire attendait, qui ne les conduisit pas à la place Loubianka, où des journalistes pouvaient s'être planqués, mais derrière, dans une dépendance du ministère de l'Intérieur. À l'aube, Chabdan fut emmené à une gare de marchandises au nord de Moscou, un train le transporta jusqu'à Perm, au pied des monts Oural, et de là en camion au goulag ITK-6, à travers une centaine de kilomètres de forêts. Yevgeniya ne l'apprit que plusieurs mois plus tard, quand le recteur de l'université lui signifia son renvoi.

En le voyant sur le podium agiter le drapeau des rebelles pendant l'hymne soviétique, elle pensa à la prison, deux ou trois années, peut-être plus, à la centrale de Bichkek ou d'Almaty. Elle comprit tout de suite que sa vie allait basculer. Mais, comme tous leurs amis, elle espéra que les médailles d'or de son mari et son renom mondial lui éviteraient la Sibérie.

Peu après son licenciement, un camion de policiers vint l'exproprier de la maison que Chabdan avait achetée grâce à ses primes. Elle obtint un permis de séjour d'épouse de détenu, à Perm, où elle se fit embaucher dans une usine de câbles électriques, parce que la direction procurait des logements dans une cité à ses ouvrières. Ignorée de ses collègues, Yevgeniya éleva seule sa fille. Elle écrivit à Chabdan tous les jours, dans l'attente d'un droit de visite. On lui demanda de patienter jusqu'au procès.

Un jour d'hiver, son chef d'atelier la fit appeler. Deux agents l'attendaient dans le bureau, sanglés dans leurs manteaux de fourrure, qui lui tendirent une demi-feuille dactylographiée et corrigée au stylo à bille. C'était un avis de décès. Il précisait le jour et un lieu, « chantier forestier numéro 42 », sans aucun détail sur les circonstances de la mort de Chabdan.

Yevgeniya attendit jusqu'au printemps une autorisation pour retourner à Bichkek. À la sortie de la gare, sa fille dans une main, leur valise dans l'autre, elle repéra deux garçons baraqués qui les suivirent prudemment et, à un carrefour, la prirent par l'épaule pour les emmener à travers les petites rues au Klub. On lui proposa un emploi de secrétaire sous un faux nom. Dans un cagibi au-dessus de la salle de musculation, d'où montaient les bruits sourds des fontes heurtant le sol, elle tapait sur une machine à écrire des lettres et documents pour les haltérophiles qui, chaque fois qu'ils entraient, la serraient dans leurs bras affectueusement, l'invitaient à leurs cérémonies. Au lendemain d'une compétition, il n'était pas rare qu'elle trouve sur son paillasson un panier de victuailles chapardées sur un buffet.

Sur le chemin de son appartement, derrière elle, se glissaient aussi les silhouettes du KGB, qui la bousculaient parfois sur un trottoir et s'évanouissaient soudainement. La solidarité des hommes de fonte ne faillit pas, aucun ne céda au KGB, non plus que les grands-parents et amis de Chabdan, qui protégèrent sa fille.

Un jour, on frappa à sa porte. Elle ouvrit à un couple inconnu, comme eux deux tout à l'heure. Ils chuchotaient sur le palier de crainte d'être entendus par les voisins, mais on reconnaissait tout de suite leur fort accent ukrainien. Elle leur offrit le thé. Leurs traits trahissaient l'épuisement, ceux de l'homme surtout dont le visage était marbré de gris. Il venait d'être libéré du camp ITK-6, il s'appelait Iouri, là-bas il avait bien connu Chabdan.

Barbelés et miradors clôturaient le camp, où ils cohabitaient à deux cent cinquante *zeks* dans chaque baraquement. Parce que sa carrure ne lui permettait pas de rentrer dans les lits superposés, Chabdan fut autorisé à se fabriquer un châlit en planches dans un coin. À l'aube, thé à peine tiède, bouillie de sarrasin, ensuite la distribution de la ration de pain et de fromage pour la journée. Les prisonniers partaient en cortège, par rangs de cinq. Première halte, le hangar, où chacun retrouvait ses gants, son bonnet et ses outils, qui sa hache, qui sa scie, les masses et les coins. Des camions les attendaient au bord de la route pour les emmener dans la forêt, sur une piste qu'ils devaient déneiger quasiment chaque matin à partir de novembre.

Leur boulot : abattre puis élaguer des arbres que d'autres brigades venaient tracter jusqu'au bord de la rivière. À la pause de la mi-journée, ils s'asseyaient sur les troncs ; quand la température descendait sous moins cinq, les gardes les autorisaient à allumer un feu, le temps de manger une portion du pain, parfois des patates ou des navets sauvages braisés sur le feu. Puis ils reprenaient, se réchauffant et s'épuisant, à coups de hache et de scie.

Avant de quitter la forêt, ils gonflaient leur veste de branchages morts pour alimenter les poêles. De retour au baraquement glacial, les attendait une heure d'éducation politique, avant la soupe au chou. Le dimanche, c'était douche, lessive, courrier tous les quinze jours, et repas enrichi d'un hareng trempé de crème ou d'un morceau de viande. Bien que Chabdan bénéficiât d'une ration *première catégorie* – supplément de deux cents grammes de pain et rondelles de saucisse –, grâce à son gabarit et son rendement à la hache, il devait souffrir de la faim plus que les autres, mais on ne l'a jamais entendu se plaindre.

Le soir, ils jouaient aux cartes à cinq. En fait, ces cinq-là s'étaient pris d'amitié et formaient une équipe. Ils marchaient sur le même rang le matin, s'aidaient à grimper dans la benne, mangeaient le pain de midi ensemble. En plus de Chabdan, le groupe comprenait un poète bouriate prénommé Ossip, et Kolia, un ancien mécanicien naval sur les destroyers de la rade de Mourmansk. Eux deux étaient devenus des as de la scie passe-partout à quatre mains, qu'ils maniaient avec une application régulière qui les mettait à l'abri des cris des gardes et leur permettait même de rêvasser. Il y avait un autre Russe, Anatoli, d'allure intellectuelle avec ses mains faiblardes et ses lunettes qu'il ne cessait d'essuyer. Il éludait toute discussion sur son passé, se figeait à la moindre question, en contrepartie se démenait dans l'élagage de finition, n'avait pas d'égal pour nettoyer les troncs après la coupe des grandes branches, maniant sa hachette avec une réelle dextérité. Et lui, enfin, Iouri, dramaturge, metteur en scène et comédien, puis machiniste au Théâtre académique de Kiev.

Dans le baraquement cohabitaient truands et réfractaires politiques, sous la coupe d'un Géorgien qui, de sa voix perçante, dirigeait les premiers et terrorisait les seconds. Ce caïd frénétique, affublé d'un tatouage célèbre qui impressionnait autant que la fureur de ses réactions, était tombé à Leningrad, où son gang rackettait les apparatchiks et les personnalités du monde des arts, pour avoir violé une violoniste du premier pupitre de l'orchestre philharmonique, qui, par malchance pour lui, était la maîtresse d'un colonel des forces aériennes de chasse.

D'instinct, il flaira le danger, tourna autour de Chabdan qui l'ignorait. Un jour, après que ses acolytes eurent frappé Ossip, le poète bouriate, à coups de manche de pioche pour une affaire de bonnet de laine, Chabdan bondit sur le Géorgien, le ceintura au niveau de la poitrine d'une prise de lutteur kourash, serra jusqu'à l'asphyxie au milieu du dortoir, dans le silence des prisonniers médusés, le laissa choir au sol, jambes convulsionnées. Fini les brimades pour ses amis après cela.

On connaissait les exploits sportifs de Chabdan, qui lui valaient une popularité bien supérieure à celle des écrivains les plus fameux du camp. Il n'en parlait pourtant jamais, ne prêtant même aucune oreille aux allusions. Jamais. Une seule fois, il évoqua l'haltérophilie pour expliquer qu'il ne réussissait pas à s'endormir parce qu'il était privé de ses quarante tonnes de fonte à soulever quotidiennement. Tout le monde rigola.

Le soir, les cinq de la bande racontaient leurs souvenirs. Voici venu notre interlude d'insouciance humaine, disait Ossip, tâchons de restituer aux autres le bonheur des moments racontés. Chabdan décrivait les vols en piqué des aigles dressés, lorsqu'il accompagnait les chasseurs dans les montagnes, parlait des tournois de lutte sur le pré, les villageoises déchaînées qui pariaient, un lac gris comme le ciel gris, bleu comme le ciel bleu, la pêche dans la Chuy, une rivière qui descend la vallée jusqu'à Bichkek, sa capitale.

On le croyait parce que, dans un ruisseau de la forêt, il tressait des nasses en brindilles sous les pierres à tourbillon, ou attrapait des poules d'eau dans les branchages. Encore émus des grandes soirées de télévision à l'occasion de ses records du monde, certains gardes toléraient ces bricolages, ainsi qu'un animal sculpté en bois qu'il trimbalait dans sa poche. Chabdan et Ossip initiaient les autres à des coutumes chamaniques de chez eux, de petits rituels rudimentaires qui les rassuraient. Chabdan aimait surtout parler de son épouse et de sa fille. Il expliqua les courses nuptiales de kiiz koomaï : les jeunes filles parties devant au galop, les amoureux à leur poursuite pour tenter de leur voler un baiser sans ralentir leurs montures, comment Yevgeniya s'était laissé attraper et les vivats des villageois pour encourager le malheureux cheval qui les ramenait sur son dos.

C'est pour raconter tout cela que Iouri s'empressa de venir à Bichkek aussitôt qu'il eut obtenu le permis de voyage.

Un jour, par moins trente, les prisonniers furent acheminés dans la forêt pour débiter les mélèzes morts par le gel. Chabdan ne revint pas à la tombée de la nuit, les hommes montèrent dans les bennes, les camions démarrèrent sans l'attendre. On parla d'une blessure de scie, d'une glissade dans le ruisseau, d'un coup de couteau puis de fusil. Les deux matins suivants, sa ration de pain continua d'être servie, ensuite le chef de brigade confirma la nouvelle de sa mort qu'il tenait du greffier du camp. Aucun détail, aucune question ne pouvait être posée, là-bas les morts s'en allaient seuls, on n'obtenait aucune pause pour leur dire adieu. Le soir, les quatre de la bande continuèrent à évoquer avec tendresse leur si fort ami haltérophile ; dans les jours qui suivirent, ils furent dispersés vers des forêts plus éloignées, dans d'autres brigades, où ils moururent tous, sauf lui, Iouri.

Des années plus tard, aux premiers jours de la perestroïka, Yevgeniya se rendit à Kiev à la recherche de Iouri. Trop tard, une maladie l'avait emporté. Ensuite, les Kirghizes obtinrent l'indépendance et les commémorations débutèrent. À flanc de montagne, sur le chemin où le père de Chabdan et les seize autres secrétaires de section avaient été exécutés, fut scellée une plaque dans la roche. À titre posthume, on décora Chabdan de la première médaille du Héros kirghize.

L'inauguration du Musée attira une foule immense, venue d'un peu partout dans l'ancienne Union soviétique, le soleil ne manqua pas au rendez-vous. On organisa des courses et des jeux de chevaux sur le stade près du Klub, un tournoi rassembla les lutteurs. Des tables, sous les arbres du parc, accueillirent leveurs de fonte, bergers, lutteurs, les tout récents notables du Kirghizistan et leurs épouses ainsi qu'une multitude d'amis inconnus. Des *manachis* récitèrent de nouvelles strophes fraîchement écrites de *L'Épopée de Manas.* On but des bouteilles et des bidons, on rit, chanta et pleura. Tard, on aperçut un maral blanc dresser l'oreille entre les arbres, certains eurent la chance de voir la silhouette de Manas filer au triple galop.

— On a même réussi à inviter d'anciens champions d'haltérophilie étrangers. Qu'est-ce qu'ils étaient devenus énormes ! Et tellement gais, leurs rires faisaient trembler les bouteilles sur les tables et nous contaminaient. Mais l'Amérique, c'est si loin, on ne trouvait pas beaucoup de devises, s'excusa Yevgeniya.

— De toute façon, nous n'aurions rien compris, dit Heather.

— Moi non plus, d'une certaine façon, je n'avais pas compris, s'amusa Yevgeniya.

— C'est-à-dire ?

— Au Klub, on me parlait de Chabdan tous les jours, et dans la montagne de son père aussi. Toujours avec une extrême gentillesse. À l'époque où il était interdit de mentionner son nom, ces évocations à voix basse prenaient une résonance particulière. Puis vint l'indépendance. Pas un discours ici sans que l'on parle de lui. Et moi, j'incarne l'affection que les gens lui portent, qui ne faiblit pas. Il m'est impensable de ne pas y répondre, je ne peux tenter de m'en détacher. Voilà pourquoi je n'ai jamais pu m'isoler avec son souvenir et j'ai eu tant de mal à accepter sa disparition.

— C'est-à-dire…

— Aux Jeux, après la cérémonie chaotique, j'ai à peine approché Chabdan, je l'ai seulement embrassé. Nous nous sommes quittés sans un moment à nous, pas un mot ou presque. Aujourd'hui, je le sais gisant dans une forêt de Perm, assassiné, pourtant, pendant des années, j'ai vécu avec lui en paroles, celles de tous ces gens qui m'en parlaient. Ils le maintenaient vivant près de moi, malgré les harcèlements du KGB. C'est seulement depuis peu que je découvre totalement ces moments vertigineux où l'on comprend que la personne aimée ne va jamais réapparaître, ne serait-ce qu'un ultime instant. Je me demande si son chamanisme ne m'a pas touchée plus que je ne le crois.

Cependant que les feuillages exhalaient leur verdure dans le crépuscule, les familles affluèrent pour s'étendre dans l'herbe. Le parc bruissait d'une bonne humeur estivale. Yevgeniya étala les victuailles du cabas, blinis, lard, poissons fumés, cornichons.

— Tout ça ? demanda Heather.

— Je n'ai pas oublié, sourit Yevgeniya.

— Désormais, Randy sera avec votre mari, en pensées.

Ils attaquèrent les *chachlik*, ils burent de la vodka au rythme de toasts proposés par les gens qui partageaient la fraîcheur autour d'eux et parlèrent dans la nuit.

EN PASSANT DEVANT LA PORTE

Passant devant la porte, tôt le matin, Tatyana s'arrêtait pour écouter la respiration de Sue endormie, sans savoir que penser du profond sommeil dans lequel elle sombrait parfois. Il faisait encore nuit, elle s'étonnait de se lever si tôt, comme jamais auparavant, même lorsque, enfant, elle entendait le craquement du bois sous les pas précautionneux de sa mère. Elle descendait l'escalier et, dès que le feu crépitait dans la cuisinière, elle nourrissait les bêtes, se débarrassait des besognes matinales pour être disponible lorsque Sue s'extirperait de son lit.

Ce matin, elle n'entendit rien et découvrit les draps vides. Le chien lové sur son tapis était trop endormi pour partager son étonnement. Dehors, dans l'obscurité, rien ne bougeait sinon les cimes des arbres se balançant et les sautillements encore indécis des coqs.

Tatyana sortit dans la rue déserte, elle pressa le pas jusqu'au parc, où elles s'asseyaient volontiers sur la carcasse du banc au milieu des bouleaux. Elle appela d'une voix badine, s'enfonça plus loin dans le bosquet, puis revint à la maison prendre la voiture. Elle ralentit au passage des piétons sur la route, jusqu'à la grande rue de Kochkor balayée par les phares des premiers camions. Les moteurs des autobus s'apprêtant à descendre dans la vallée vers Bichkek empuantissaient déjà l'air. Tatyana jeta un œil sur les passagers assis derrière les vitres. Des lampes à pétrole éclairaient les allées du bazar, où personne n'avait aperçu l'Américaine. Elle emprunta une autre route pour revenir à la maison, jetant un rapide regard dans les chemins transversaux.

Le gamin de la maison d'en face rentrait chez lui, un ballot d'herbe à lapins sur le dos, lorsqu'elle se gara. Il vient de voir Sue. Avec des brebis, il en est sûr, précise-t-il en tendant la main vers la prairie de l'autre côté de la route. Tatyana s'amusa de ne pas avoir remarqué les stalles grandes ouvertes au fond du jardin, surtout de n'avoir rien entendu. Elle se dirigea vers la lande engourdie dans la froidure et y aperçut Sue au loin, entourée de brebis.

L'aube soulignait de rose le pourtour des montagnes, la nuit se retirait de la prairie. Sue s'était assise sur un seau, coiffée d'un foulard, une pelisse sur les épaules, les pieds chaussés de bottes en feutre. Elle agita les bras.

— Hé, hé ! Te voilà une vraie Kirghize.

— Une Kirghize ou une Navajo.

— Une Navajo ?

— Ce sont des Indiens près de chez moi.

— Les Indiens gardent les moutons ? Ça m'étonnerait !

— Il y a des milliers d'années, les Indiens sont venus peupler l'Arizona. C'était la tribu des Athabaskans. Ils chassaient, ils ne domestiquaient que des chiens pour tirer leur barda. Quand les conquistadors espagnols se sont approprié les terres avec leur cavalerie et leurs troupeaux, leurs chevaux ont fasciné beaucoup d'Indiens, qui les ont volés et montés mieux que personne. Comme vous, ils mettent des étoffes à la place des selles. Ces Indiens ont formé les tribus apaches, dans les montagnes. D'où elles n'ont plus cessé de faire la guerre aux Blancs. Les autres Indiens ont préféré les moutons. Ils ont appris l'élevage. Ce sont les Navajos. On les a traités plus bas que terre parce que, dans mon pays, on pense que tous les éleveurs de moutons puent à s'en faire trouer la peau, blancs ou indiens, tous dans le même sac. Ce cours d'histoire m'a donné soif.

— Les Apaches élevaient des chevaux ?

— Non, l'élevage est impossible dans leurs montagnes de rocailles. Ils les capturaient, les montaient, n'hésitaient pas à les rôtir à l'occasion. Ils ne se sont jamais donné la peine de traire leurs juments. Ils ont pressé du cactus pour distiller du mescal. Une boisson bien délirante.

— Elle les rendait invincibles ?

— Ils le croyaient, mais ça n'a pas vraiment marché. Ce qui n'a pas empêché tous les jeunes de mon âge de pencher pour les Apaches. Le mescal, le cheval, la bataille. Leurs chefs étaient terriblement beaux, on les a donc tués. Mon père me l'a raconté après le Viêt Nam. Dans les films, quand surgissaient d'irréductibles Peaux-Rouges, c'étaient des Apaches.

— Qu'est-ce qui t'a pris de sortir ces moutons de nuit ?

— Je ne dormais pas. Maintenant, j'aime les moutons, il faut les rassasier d'herbe fraîche.

Parfois sortis de leurs stalles dans les ténèbres, le plus souvent en fin de matinée, les moutons s'adaptèrent aux horaires de Sue, trop heureux de trotter au bon air. Dans la prairie, ils retrouvaient une autre bande que surveillait une femme tout en tricotant de ses doigts insensibles au froid. Elle liait son bélier à un piquet à l'aide d'une longue cordelette, de sorte que ses brebis ne s'éloignent guère. À ses pieds étaient posées une bassine de beignets et une cruche d'un cocktail de jus de myrtilles et de vodka qu'elle tendait à Sue à intervalles réguliers, lui racontant en langage des mains des histoires extraordinaires, qui faisaient rire Sue, comme l'enchantait la prairie bordée de montagnes, qui n'était pas sans rappeler les étendues d'Arizona par le silence et le vent. Le froid, elle ne s'y accoutuma jamais, toutefois elle admettait que dans cette prairie, elle jubilait de s'emmitoufler de peaux et de batailler contre lui.

Tatyana la rejoignait avec un thermos de thé, elles marchaient plus loin, s'enfonçaient dans les herbes brunes. Elles parlaient du printemps, de leur retour sur les montagnes qui les tentaient dans la lumière matinale. Ou bien elles rebroussaient chemin vers Kochkor, mais au lieu de rentrer les brebis, elles les poussaient dans le parc de bouleaux et suscitaient l'hilarité des gens en débarquant en plein bazar.

Les jours de marché aux bestiaux, elles devaient se lever tôt pour profiter de la lumière matinale sur le bétail, puis s'attablaient, affamées, dans le tintamarre des cris et des bruits d'assiettes du Restoran. Même si leurs voisins ne savaient pas pourquoi l'Américaine se trouvait là, encore moins pourquoi elle fréquentait le marché, ils s'étaient habitués à son naturel expansif. C'était à qui leur offrirait le plus de verres et de sourires.

Un jour, la porte du Restoran s'ouvrit sur une délégation de femmes et d'hommes coiffés de leurs chapeaux pointus. Le silence les accompagna à travers la salle, car ils tiraient deux moutons par des ficelles, qu'ils tendirent à Sue : « Madame Susan, les habitants de Kochkor t'offrent ces deux bêtes. Depuis le temps qu'on te voit passer, il est grand temps que tu démarres ton propre troupeau dans nos montagnes. Nos pâturages ne sont pas chiches, comme tu as pu t'en apercevoir. »

C'était un couple de têtes noires. Les cornes puissantes du bélier s'enroulaient en spirale, de la morve lui coulait furieusement des naseaux, ses testicules épais et gris pendaient jusqu'au sol. Plus délicate, sa compagne portait aussi une tête bouclée, un lainage crème, dru, le bas des pattes cerclé d'un filet blanc ; ses fesses rondes, larges, auguraient de joyeux batifolages. On porta un toast à leur descendance ; tout l'après-midi se succédèrent des toasts variés dans cette salle qui en avait entendu tant d'autres et c'est dans une nuit de lune que les deux femmes et les deux moutons rentrèrent, chantant et bêlant.

Tard, sous la lune pleine, Sue contemple par la fenêtre ses deux moutons endormis dans la stalle après les émotions de la journée. Le calme du jardin et de la nuit la berce. Il lui revient en mémoire une fête aussi paisible. C'est l'anniversaire de Maggie, ses onze ou douze ans, dans la maison rose au bout de la rue. La ribambelle d'enfants joue dans le parc, sa mère lance un appel aux glaces, et tout le monde se rue pour se gaver dans le jardin et danser en écoutant des chansons d'adultes, Frank Sinatra, Dolly Parton.

Elle ne se souvient plus de la fin de la soirée, sauf de l'excitation d'un feu d'artifice bricolé par une bande de pères qui s'ingénièrent à propulser dans les airs des fusées pleines de confettis. Ensuite, l'université sépare les deux filles. Maggie part pour Chicago se consacrer à la littérature. Sue l'a toujours connue un roman ou des poèmes dans son sac, habituée des lectures au théâtre de la high school. Elles se croisent dans la rue peu avant les Jeux de Los Angeles, à Phoenix. Avec leurs copains, elles vont manger des *chiles en nogada* au Barrio Cafe, éclusent des bières et rient beaucoup parce que le copain de Maggie, Jim, imite Sterling Hayden superbement et récite de la jolie poésie.

C'est à Charlotte, en Caroline du Nord, des années plus tard, que Sue retrouve Maggie, un soir d'exhibition commerciale. Ayant appris son passage dans le journal, Maggie est venue avec ses deux enfants. Au milieu de la cohue, elles ne trouvent pas grand-chose à se dire, sans doute qu'en tête à tête la gêne aurait été plus vive encore, mais Sue remarque à quel point Maggie n'a pas changé : ses bons et beaux yeux sont les mêmes, sa gaieté éclate à tout moment, son visage reflète la candeur de l'amie de toujours. Elle lui promet d'être en juillet chez ses parents, Sue lui répond qu'elle passera, et l'oublie.

Elle a envie de lui écrire sur-le-champ, de poser une foule de questions, demander les livres récents qu'elle a lus, elle parle des personnages de ses romans avec une telle familiarité. Encore faudrait-il que Sue ait un ordinateur, son adresse e-mail et son nom de mariage. Tant pis.

Ces souvenirs n'éveillent pas de mélancolie. Il lui semble simplement que, depuis cet anniversaire, elle n'a plus jamais éprouvé cette naïve tendresse. Curieux de m'en apercevoir maintenant, se dit Sue. Encore plus de m'en être passée si longtemps. Bon, j'en ai rien à foutre de ces complications idiotes, et encore plus des regrets. Puis il lui vient à l'esprit qu'au Restoran, aucun homme n'a plongé de regards d'envie sur ses seins malgré son chemisier déboutonné. Elle n'a perçu aucune allusion grivoise, ni de geste fébrile du désir mâle. Pourtant, ce soir je me serais bien laissé culbuter sans chichis. Elle ferme les yeux, imagine les caresses de mains calleuses sur ses jambes, des coups de reins pressés. Un type gentil, avec une bonne odeur de campagne et de gnole aurait fait l'affaire, soupire-t-elle. Est-ce que j'en suis affligée ? Non, pas ce soir, mais je suis jolie, il ne faudrait pas que je m'y habitue.

PELLETER LA NEIGE

Il y eut le vol précoce des escadrilles d'oies, la filasse fournie du lichen sur les sapins. On vit le patron du Restoran remplir sa cave à ras bord de caisses de vodka, imité par les bistrotiers de la ville, emmagasinant la bière des brasseries de Bichkek et le koumis descendu des montagnes. Là-haut, sur les versants escarpés, les ours traînèrent des moutons dans leurs tanières, les marmottes disparurent dans leurs trous. Les brebis gonflaient sous leur laine, les chevaux aussi revêtaient des crinières bouffantes. L'hiver s'annonçait rude. Tatyana se fit livrer une remorque de bûches, que Sue attaqua aussitôt à la hache.

Parfois, on ne se contente pas de retenir le temps, on voudrait le remonter, pensait Tatyana en posant les bûches sur le billot de Sue, non pour revivre des bonheurs passés, mais pour s'éloigner du moment inéluctable d'un malheur, mettre de la distance, ne plus regarder, comme on recule à la vue d'un ravin.

L'intuition de Tatyana ne la trompait pas. Après une heureuse accalmie, due au dépaysement, les douleurs saisirent Sue un soir, brutales. Elle passa la nuit recroquevillée sur le tapis, trop agitée pour se couler sous des couvertures, trop faible pour se rendre à la salle de bains sans l'aide de Tatyana, même en rampant comme elle le tenta, serrant son ventre d'une main sous la violence des élancements. Tatyana alluma les bougies de son amie chamane le long d'un mur et servit le thé. Tandis que le silence s'imposait dans la nuit, ses massages calmèrent les tressaillements de Sue, elle nettoya le sang mêlé de saletés. Elle s'émut plus qu'elle ne s'inquiéta de l'humidité de ses yeux lorsque Sue tournait vers elle un visage qui se voulait facétieux.

Dès l'arrivée de Sue, Tatyana avait pris conscience que son idée initiale d'une guérison dans ces montagnes était illusoire. Elle comprend maintenant la dureté du mal qui la ronge. Elle le sait chaotique, elle s'attriste et se tourmente à la perspective des attaques à venir. Cependant, si elle s'inquiète d'avoir à guetter désormais les nuages sombres pour réagir mieux, elle n'y accorde pas tant d'importance, car sa volonté d'être à la hauteur de la vitalité de Sue l'empêche de douter.

Elle prit un roman kirghize qu'elle traduisit à voix haute.

Dans la matinée, lorsque Sue fit irruption dans la cuisine, hébétée mais souriante, elle aspira une bouffée de la senteur du bois brûlant. Tatyana lui tendit un breuvage à boire d'un trait, suivi d'un grog de thé bouillant fortifié de vodka. Sue sortit sur le pas de la porte. Les poules caquetaient à tue-tête autour de la mère de Tatyana qui semait des graines à la volée. On entendait un tracteur, le cliquetis des chaînes, les grincements de la remorque ; plus loin, le cri strident d'une scie, les coups de marteau au travail. Sue s'assit, la tête dans les mains, à écouter la vie qui avait repris sans elle. Tatyana la laissa sangloter.

— Tu sais la nouvelle ? demanda-t-elle.

— Pas encore.

— Il lui est monté dessus, tu aurais dû voir ça.

— Qui ? Sur qui ?

— Ton bélier, sur ta brebis. J'ai bien cru qu'ils allaient fracasser les planches. Y a plus qu'à attendre le printemps, maintenant.

— Ha, ha, ne jamais sous-estimer le mâle. Combien d'agneaux je peux espérer ?

— Normalement un, deux. Avec tes lascars, des triplés sont envisageables.

Il neigeait. La nuit n'était que flocons gris qui ensevelissaient les contours, Sue regardait. Cet édredon blanc qui s'épaississait à vue d'œil signifiait pelleter au petit matin. Tout le monde s'y mit avec des bras vigoureux. Les hommes fixèrent des chasse-neige aux tracteurs pour partir à la recherche des égarés, véhicules et bêtes. Les femmes se nouèrent des fichus sur la tête, chaussèrent de grandes bottes et saisirent les pelles. Sue et Tatyana creusèrent une tranchée le long des stalles pour désenclaver les moutons, une autre vers la rue qui résonnait déjà d'invectives enjouées et, sans répit, elles déneigèrent un passage le long de la route, avec en point de mire deux voisines qui déblayaient en sens inverse et les défièrent comme à l'époque des plans quinquennaux.

— Jamais autant forcé la musculation à l'entraînement. Et toi ? demanda Sue.

— Jamais ? Holà, nous, si. Entre deux cycles de compétitions, l'hiver surtout, comme aujourd'hui. Ou pire, les lendemains de défaite, pour expier. Footing, gym, on nous lançait à la course derrière les coureurs, il fallait les suivre, jusqu'à vomir son échec et se tordre de crampes. Moins que les autres filles, quand même.

— Les sauteuses sont délicates. C'est connu.

— Et aériennes !

— Elles doivent le rester.

— 2,10 mètres, dit Sue.

— Oui, 2,10 mètres, alors ?

— Depuis le temps, des filles l'ont passé ?

— Non, j'ai entendu qu'elles se cognent toujours le nez dessus.

— Tu en dis quoi ?

— Je ne sais pas. La barre nous attend.

— C'est quelque chose, tout de même.

Sue maniait la pelle avec une telle ardeur que, prise de vertige, elle dut s'asseoir sur un tas de neige. Deux merles se posèrent sur un monticule, bombant leur plastron noir et roux, leur bec d'un jaune lustré. Sue savait d'où ils venaient : un houx dans la cour d'à côté, si touffu, si rouge de baies que leur bande le partageait avec une compagnie de mésanges plus capricieuses, et parfois un geai solitaire goulu et gaspilleur qui jetait à terre la moitié de ce qu'il arrachait. Elle attendit qu'ils chantent. Ils s'exécutèrent en un chœur de trilles flûtés et disparurent se gaver dans leurs branchages. Elle se frictionna le visage avec une poignée de neige, massa ses courbatures au dos. Les muscles des bras, aussi, tiraient ; elle haletait, les poumons en surchauffe. Seules les jambes répondaient, fringantes, et d'un bond elles remirent Sue au boulot, qui ne voulait pas laisser sa part aux chiens.

La prairie, au bout de la rue, profitait de l'hiver pour se travestir en steppe sauvage où le vent prenait son élan pour étaler la neige avant que la brume ne la givre. Parfois, on y croisait un bûcheron tirant le cheval attaché à sa carriole, ou des mômes qui plongeaient des fils de pêche sous la glace. Parfois aussi des ombres lointaines.

Sue et Tatyana partaient sur la neige, une chapka enfoncée jusqu'aux sourcils, une écharpe enroulée sur le nez, enveloppées dans une pelisse. Elles suivaient une ligne droite en direction des contours massifs des montagnes jusqu'à un rideau d'arbres. En contrebas, elles retrouvaient la Chuy, qu'elles longeaient à droite ou à gauche, selon le vent, ou une éclaircie dans le ciel, ou les traces d'un animal.

Ce matin-là passa un vol de canards, un peu désordonné, moins aligné que d'ordinaire, si étonnamment bas qu'outre le claquement de leurs becs au bout de leurs cous allongés et quelques *coin-coin* rouspéteurs d'attardés, elles entendirent le froufroutement de leurs ailes.

— Ils ont fait la grasse matinée, non ?

— On peut le dire. Faut espérer qu'ils connaissent les cols qui les attendent plus loin, il fait un froid horrible la nuit.

Elles suivirent la même direction le long de la rivière.

Elles marchaient côte à côte, dos arrondi pour ne pas donner prise aux rafales, extirpant laborieusement leurs bottes de la neige. Elles se heurtaient de l'épaule, se rattrapaient par le coude si l'une ripait sur du verglas.

Sous la glace, la rivière se taisait, le gel pétrifiait les remous et les tourbillons autour des pierres à truites, encore que par endroits l'eau s'échappât pour fredonner un léger glouglou. Sue et Tatyana saluaient les silhouettes fantomatiques des arbres drapées de givre, elles repéraient les traces de bêtes qui pouvaient être des chiens, des renards, ou encore des loups enhardis, en discutaient, s'y attardaient, parfois dubitatives, sauf concernant celles des lapins parsemées de petites billes noires.

Les deux femmes avançaient dans le grésil en silence. L'hiver déborde de souvenirs d'enfance pour Tatyana. Elle pense aux familles de loutres, aux chargements de bois sur les luges, au hurlement des loups. Il arrive que des souvenirs furtifs raniment des inquiétudes inexplicables. Elle se retient de les partager. Sue n'évoque plus le printemps, les casse-croûte sur les pâturages inondés de crocus violets, les cris délurés des bêtes. L'hiver triomphe de l'hibernation, ça lui plaît, elle marche sur l'étendue blanche, c'est un bonheur, elle ne se projette plus au-delà. Poser sa joue sur les rochers chauds ? Plonger dans le lac pour tenter de se débarrasser de l'odeur du cheval ? Regarder les nuages cabotiner dans le ciel ? Pas de nostalgie, Tatyana pense de même, elles se fichent des soirées à écouter des chansons de Notchnye Snaïpery dans l'herbe. Elles ont remarqué que les crises de Sue surviennent en période d'inertie, comme si elles fermentaient dans son corps impropre à l'immobilité. C'est aussi dans les moments léthargiques, d'attente ou d'indécision que Tatyana ne parvient pas à repousser ses angoisses. La lumière déclinante de l'après-midi sur la neige presque fade insuffle de l'énergie aux deux femmes.

Des chevaux sortent du brouillard au trot, soufflant des volutes de buée par leurs naseaux dilatés qu'ils frottent contre les moufles des femmes, jusqu'à ce qu'elles tirent des pommes de leurs poches. Dans une courbe, la rivière disparaît derrière un talus de congères. Chaque pas, en montant les genoux toujours plus haut dans la neige, les éloigne du mal. S'imprégner de la bienveillance de la neige, puiser les forces du froid, trouver protection dans la brume. Tatyana se souvient de paroles chamaniques. Les bourrasques pincent leurs visages, rougissent celui de Sue qui halète et rit. Quand elle tombe à plat ventre, Tatyana déblaie et façonne un petit banc dans la neige où elles s'assoient un instant. Elles mangent de la neige à pleines mains pour se désaltérer et reprennent leur route. À la deuxième chute, Sue s'étend sur le dos, bras en croix, souriant aux branches graciles et nues de bouleaux qui se proposent de veiller sur elle.

— Trop haute, la barre, je crois.

— Pas du tout. Ça t'est déjà arrivé de t'y reprendre à deux fois, non ? Tu vas voir.

Au loin, on aperçoit de la fumée qui s'échappe d'une yourte. Tatyana s'élance sur la neige en sauts de cabri précipités, Sue ne tente pas de lever la tête pour la suivre des yeux. Aussitôt la solitude l'engourdit, plus un geste, l'air ouaté s'épaissit tout autour, plus de formes ni de couleurs, elle glisse dans un songe. Jusqu'à ce que Tatyana revienne, accompagnée de deux bûcherons qui l'emportent.

Des flocons s'écrasent contre la vitre, fouettés par les rafales. Derrière eux, d'autres plus chanceux virevoltent dans la nuit, où l'on devine un halo de lune entouré d'étoiles.

— C'est exactement ainsi que l'on raconte la neige dans les contes de Noël, dit Sue.

— Dans nos contes, la neige tombe en forêt, comme si elle ne pouvait tomber ailleurs, et il y a toujours un maral blanc pour traîner dans le coin.

Tatyana a empilé des tapis, Sue s'y est adossée, face à la fenêtre. Une ampoule diffuse une lumière jaunâtre mais chaleureuse. Le teint pâle de Sue résiste à la chaleur. Son front brûle d'une fièvre indolore, narcotique, planante. Elle tente de se représenter des entraînements au soleil de son campus, abandonne aussitôt. Les souvenirs l'embêtent. Rien ne lui manque, elle ne ressent rien qui la fuirait. Elle n'aurait pas non plus préféré se balader dans la neige de cette nuit, elle est bien là. On s'imagine grimper toujours plus haut vers la liberté et l'on se retrouve dans un filet. On s'imagine prisonnière d'une maladie ou des malchances d'un passé, et l'on se sent libre de tout regret. Sue n'ose pas exprimer ces bizarreries de crainte d'importuner Tatyana car elle les sait nées de la fièvre.

Soudain, un chœur de piaillements stridents. D'en bas, on crie que c'est une colonie d'éperviers. Dans l'obscurité, ils semblent bardés d'armures et de casques.

— Ils pourchassent les canards de cet après-midi ? demande Sue.

— Ils ne les lâcheront pas. C'est leur en-cas sur la route, ils vont en Chine aussi. Mais eux foncent nuit et jour, ils volent si haut qu'ils peuvent couper tout droit au-dessus des sommets. Si haut, si haut... je dis des conneries, ces enfoirés, ils sont en train de se poser chez nous !

Tatyana dévale l'escalier, retrouve dehors ses parents et les voisins déjà en action pour éloigner les éperviers perchés autour des poulaillers. Sue entend les cris de Tatyana et la devine en train de canarder joliment l'ennemi à coups de boules de neige. La simplicité gracieuse de Tatyana la subjugue. Quand Tatyana remonte, la chamane Jyldyz a commencé à masser Sue avec une embrocation de résine dont l'odeur imprègne la chambre. Ce qu'elle chante ressemble à des berceuses, parfois elle s'interrompt pour jouer de la guimbarde et se reposer les doigts. Sue lui livre tous les muscles de son corps, se laisse malaxer de la tête aux pieds comme elle a toujours aimé depuis les années du campus, pour le grand plaisir de ses kinés. Elle lui dit que les chamanes apaches enduisaient les guerriers partant au combat d'huiles de yucca aussi fortes, mais avec pour objectif de perturber l'ennemi. Elle raconte que les pionniers les représentaient en sorciers affublés de têtes de bison, capables de lancer des sortilèges.

— Ce n'est pas pour rien que les communistes les envoyaient au goulag, dit Jyldyz.

Le portail grince au passage des gens venus aux nouvelles. La maman les invite à entrer au salon, d'où montent leurs conversations murmurées. La respiration de Sue se fait plus rauque, chaque geste exige de l'énergie, entame ses forces, mais son ventre la laisse en paix. Tatyana est assise, elle lui détend les doigts dès qu'ils se crispent. Elle boit une gorgée de vodka pour s'efforcer de parler d'une voix ordinaire. Elles discutent du charme particulier du crépuscule en hiver ou au printemps, en été ou en automne, mais de manière trop confuse pour savoir si elles préfèrent l'un ou l'autre. La vodka ne tente pas Sue qui ne veut pas avoir à lutter contre l'engourdissement, puis l'inévitable sommeil qui suivrait et la priverait de cette nuit d'hiver qui mérite toute son attention.

Dehors, un vent vigoureux s'est levé, les flocons s'épaississent, la lanterne fixée au-dessus de la stalle des moutons éclaire encore leurs ombres arrondies, blotties les unes contre les autres dans les brassées de foin que Sue a étalées le matin. Au printemps peut-être montera-t-on les agneaux au troupeau, on verra. Ne rien attendre, ne pas se référer aux bons moments du passé pour envisager la suite.

Sue tend la main vers une coupelle de nougats gluants que picore Tatyana.

— Hé, que vois-je ?! s'écrie Tatyana qui ne dissimule pas son soulagement.

— Eh oui, il y a une première fois pour tout, dit Sue tout sourire.

Le samovar maintient la boisson au chaud, thé vert corsé de feuilles de bouleau. Tatyana a banni la tristesse de la pièce. Elle sait qu'elle ne sera plus jamais seule, que le vide est comblé. Elles trouvent tant à se dire. Tatyana rit en pensant à leur dispute de l'après-midi au sujet d'une silhouette de givre au bord de la rivière. Elle veillera quand Sue dormira. Écouter le vent qui s'essouffle entre les arbres, les arbres qui secouent inlassablement la neige de leurs branches. Pourvu que la neige ne cesse de blanchir la nuit.

Un mobile home	9
Dos à la barre	20
Des chars verdâtres	27
Au Desert Saloon	35
Moscou, stade Lénine	39
« Manas » Chabdan	45
Notre Tanyouchka	58
Sur le quai de Vladivostok	70
La déportation des Denissov	81
Maïa à Balakchy	89
Sue au pays kirghize	95
Aller au village	105
Le soleil consume l'hiver	117
Brise sur Helsinki	127
Randy and Heather	139
La maison verte	151
Le malaise	161

Bagarre à l'Albert-Gersten 168
Pique-nique avec Yevgeniya 176
En passant devant la porte 189
Pelleter la neige 196

Composition Nord Compo
Achevé d'imprimer
par Normandie Roto Impression s.a.s.
61250 Lonrai, en août 2018
Dépôt légal : juin 2018
Numéro d'imprimeur : 1803478
ISBN 978-2-07-279991-4 / Imprimé en France

345518